神さまのビオトープ

凪良ゆう

講談社
タイガ

イラスト——東久世
デザイン——百足屋ユウコ（ムシカゴグラフィクス）

目次

登場人物紹介

鹿野《かの》くん————うる波の夫。故人。

鹿野うる波《は》————鹿野くんの妻。

佐々《ささ》くん————鹿野くんの後輩の大学生。

千花《ちか》ちゃん————佐々くんの恋人。

秋《あき》くん————うる波の生徒。

春《はる》くん————うる波の生徒。

金沢《かなざわ》くん————うる波の絵画教室に通う大学生。

秋穂《あきほ》ちゃん————うる波の絵画教室に通う小学生。

立花《たちばな》さん————うる波が勤める高校の三年生。

安曇《あずみ》くん————うる波が勤める高校の三年生。

西島《にしじま》さん夫妻————うる波の近所に住む老夫婦。

神さまのビオトープ

プロローグ　秘密I

暴力的なまでの面倒くささ、というものがある。

夜通し眠れず、布団の中でじっと朝がくるのを見ていた。朝がきても、身体を起こすことができない。どうして起きなくてはいけないんだろう。顔を洗うとか歯を磨《みが》くとか、理由はいろいろある。けれど、そんなことをしなくても生きていけるという結論に至ってしまう。わたしが今いる場所は無人島と同じだ。わたしが綺麗《きれい》でも汚くても、気にする人は誰もいない。汚くてもなんの不都合もない。わたしはこのまま横たわっていたい。

けれど、お葬式をしないわけにはいかなかった。

それが結婚して二年目の夫のお葬式だとしたら、なおさらに。

鹿野《かの》くんが交通事故で死んでから、まだ一日しか経《た》っていない。

いつものように買い物から帰ってきたら、留守番電話に警察からメッセージが入っていたのだ。理解も納得もできないまま、どんどん現実が押し寄せてくる。わたしはそれをお皿みたいに粉々に叩《たた》き割《わ》ってやりたかった。受け入れない。認めない。でもそれも半日も持たなかった。抵抗することすらできないほど、わたしは弱っていった。

泥水を吸って汚れた綿花を詰められたように重い頭を上げて、のろのろと布団から這《は》い出《だ》した。本当に重い。死にそうだ。いっそわたしのお葬式も一緒に出してほしい。

——うる波《は》ちゃん、おはよう。

朝ご飯を作っていると、鹿野くんが台所に入ってくる。椅子《いす》に腰かけてまだ半分眠っている鹿野くんに、目玉焼き、出し巻き卵、ゆで卵、スクランブルエッグ、温泉卵、どれがいいか聞く。鹿野くんはその日の気分で答えてから、

——ありがとう。

と微笑《ほほえ》む。毎朝繰り返される、どこの家でもよくあるやり取りを思い出す。

鹿野くんは笑うと目が糸のように細くなり、機嫌のいい猫みたいな顔になる。よくある風景も、愛があれば二人だけの秘密ごとになる。愛は理屈が通らず、わたしを綿みたいにやわらかく包むこともできるし、生きたままドブ川に沈めることもできる。

起きなくちゃ。今日も昼から葬儀会社の人がくる。

告別式の日はよく晴れていた。同じ日に初七日までして、精進《しょうじん》落としの食事をするみんなの輪の中でわたしはなにをしていたのかよく覚えていない。料理の中に、鹿野くんの苦手な胡麻《ごま》豆腐が入っていたことは覚えている。わたしは好きでも嫌いでもない。

「うる波、わたし、そろそろ行くわよ」

壁にもたれ、畳にだらりと座っているわたしに叔母さんが声をかける。

母親はシングルマザーでわたしを産み、わたしが十五のときに恋人と出ていってわたし

の人生から消えた。わたしは祖父母に引き取られ、二人が亡くなったあと、親身になってくれる身内といえば母の妹である叔母さんだけだ。

「冷蔵庫におかず作って入れておいたから。ちゃんと食べるのよ」

「ありがとう、お世話になってばかりでごめんなさい」

玄関先まで見送り、改めて頭を下げた。ここ数日、青い顔でふらふらしているわたしの代わりに葬儀を仕切ってくれて、しゃんとしなさいと背中を叩いてくれた。

「うる波は昔から神経が細いところがあるからね」

叔母さんはしんみりしたあと、でも、と表情を切り替えた。

「おかしなことだけは考えないようにね。さびしくなったら、いつでもうちに遊びにくればいいんだから。こんな辛気臭《しんきくさ》いとこに若い女がひとりでいると滅入《めい》るわよ」

ここは鹿野くんが他界した両親から受け継いだ家だ。築四十年近い古い日本家屋で、小さいけれど庭があり、四季の花々が植えてあり、よく野良猫が遊びにくる。

「この家、わたしは好きだけど」

メンテナンスは大変だけどと小さく笑うと、叔母さんは顔をしかめた。

「ま、土地くらい遺《のこ》してくれてよかったわ」

叔母さんを見送ってから、ぺたぺたと素足を鳴らして台所へ行った。出汁《だし》や甘辛い醤《しょう》油《ゆ》の匂《にお》いが漂う台所で、水道水を注いで飲んだ。ぬるい。

正面の小窓から、蝉《せみ》の声が雪崩《なだ》れ込《こ》んでくる。

口《くち》の端《は》から水を垂らしながら、鹿野くんは蝉の声が好きだったことを思い出した。鳴き声はともかく、庭に死骸《しがい》が落ちるからわたしは嫌いだった。蝉の死骸はころころしていて、気づかず踏むとサンダル越しでも感触が伝わる。結婚して初めての夏、わたしはご近所中に響く悲鳴を上げて鹿野くんを驚かせた。

冷蔵庫を開けると、おかずの詰まった琺瑯《ほうろう》のタッパーが重なって入っていた。切り干し大根、ひじき、きゅうりとイカの酢味噌《すみそ》和《あ》え、ブロッコリーのおひたし、おにぎり。

叔母さんの気持ちがたくさん並んでいる。ありがたいなと、まるで台本を読むみたいに考えた。こういうときはこう考えるだろうと、プログラミングされた機械みたいに感情をなぞっている。本当のところ、心の針はぴくりとも動いていない。

これからずっとこうなのだろうか。

定員二人の舟を、ひとりでゆらゆら漕《こ》いでゆくんだろうか。

ずずっと足元に引きずり込まれる感覚に襲われる。急速に視界が閉じていく。貧血だった。うずくまる身体に冷蔵庫の冷気が当たる。吐《は》きたい。でも吐くものもない。夏だというのに指先まで冷たくなって、ずるずると台所の床に沈み込んだ。

ひんやりした木の床が、ゆっくりと肌に馴染《なじ》んでぬるくなっていく。

いつの間にか眠っていた。ここ数日ほとんど眠れていない。壁かけ時計の針は三十分ほど進んでいた。このまま死体みたいに転がっていたいけれど、ゆるく開いたままの冷蔵庫のドアが見える。がんばっていた節電もこれでぱあだ。手を伸ばしたが届かない。仕方なく重い身体を起こしてドアを閉め、立ち上がった。

またぺたぺたと素足を鳴らして居間に戻ると、縁側に見慣れた背中があった。

「あ、うる波ちゃん」

鹿野くんが振り返り、わたしはその場に立ち尽くしてしまった。

「叔母さん、帰った?」

「……え?　ああ、うん」

とりあえず返事をした。驚きすぎてごく普通の反応しかできない。

「悪い人じゃないけど、いろいろ雑なんだよね」

鹿野くんはそう言うと、くたびれてやわらかくなったチノパンのポケットから煙草《タバコ》を取り出して火を点《つ》けた。風除《かぜよ》けに手で囲う。猫背気味の背中がもっと丸くなる。

「辛気臭いって言葉、久しぶりに聞いたな」

縁側に後ろ手をつき、ふうと煙を吐き出す。わたしは混乱して居間の祭壇を見た。そこには白布にくるまれた遺骨がある。片づける気力もなく、鴨居《かもい》には喪服がかけられっぱなしになっている。そして、ふたたび縁側で煙草を吸っている鹿野くんを見た。

どっちが現実なんだろう。

鹿野くんは死んでなんかいなくて、事故の日もいつもと同じように帰ってきて、夕飯を食べて、お風呂《ふろ》に入って、布団を二つ並べて眠った。どちらの記憶が正しいのか自分では判別がつかなくて、じりじりとあとずさって台所に戻った。

スカートのポケットからスマートフォンを出して、叔母さんに電話をかけた。叔母さんはすぐに出た。もう特急に乗ってるのよと言ったあと、どうしたのと聞いてきた。わたしは、たった今この家で起きている現象をどう説明しようか考えた。

「あのね、鹿野くんって本当に死んだ?」

『え?』

「縁側にいるんだけど」

『大丈夫?』

電話の向こうで異様な沈黙が落ちた。

「え?」

『ちょっと待って。すぐ戻るわ。次の駅で引き返す』

わたしは反射的に「いい」と答えた。鹿野くんは叔母さんが苦手だから、叔母さんがきたら消えてしまうかもしれない。そう考えた瞬間、わたしは二つある現実のひとつをすでに選択していることに気づいてしまった。

『うる波、ちょっと、うる波?』

幾度か名前を呼ばれ、我に返った。

「あ、ごめんなさい」

夢から覚めたような、もしくは寝入り端《ねいりばな》のような気分だった。ふわふわとした現実感のない場所にいる。わたしを呼ぶ叔母さんの声だけが、自分を元いた場所につなぎとめる糸みたいだった。糸電話のイメージが浮かぶ。もしもし。もしもし。うる波？

「叔母さん、ごめん。いい。気のせいだった」

驚くほど落ち着いた声が出た。

『ねえ、ちょっと、やっぱり戻るわ』

「ううん、本当にいい。ごめん。ちょっと、あれだった」

意味のない言葉を並べながら、これでは余計に心配させてしまうと気づいた。

「お腹空《なかす》いてたみたい。おにぎり食べて、お腹いっぱいにして少し寝るね」

明るい声で言うと、少しの間を置いて、叔母さんは納得したように息を吐いた。

『そうね、そうしなさい。お腹空いてるとろくでもないこと考えるから』

小さな子を叱《しか》るような口調に、わたしも「はい」と子供のようにうなずいた。

亡くなったばかりの夫が縁側にいると言い出す女に、「ろくでもない」とはっきり言ってのける叔母さんは健全だ。鹿野くんはそういう健全さを「雑」と言う。叔母さんはそういう鹿野くんを「ひょろい」と言う。二人はある意味気が合っている。

ごめんねとありがとうを繰り返して電話を切ったとき、

「うる波ちゃん」

鹿野くんが台所に顔を出した。ひっと小さく声が洩《も》れた。

「どうしたの?」

不思議そうに顔をかたむける鹿野くんの、二十代後半の男性にしては細い首筋、洗濯しすぎてよれたTシャツの襟《えり》。すべてが確かな質感を持ってわたしに迫ってくる。

「なんでもない」

わたしは首を横に振った。死んじゃったのにどうしてここにいるの、という質問を力任せに飲み込んだ。幼稚園児の落書きみたいにデタラメで、緻密《ちみつ》に組まれたステンドグラスみたいに美しく、グラスの縁《ふち》いっぱい表面張力で保《たも》っている水面のようなこの光景は、たったひとつの不用意な質問で、ぱっと消えてしまいそうな脆《もろ》さがあった。

「なんでもないの」

わたしは力強く繰り返した。

あなたがここにいることは当然だというふうに。

「うる波ちゃん、なにか食べるものある?」

鹿野くんが食卓に腰かけて聞いてくる。

「叔母さんがいろいろ作っていってくれた。切り干し大根とかひじきとか」

「うーん、そういう気分じゃない」

鹿野くんは考えるように頰杖《ほおづえ》をつく。

「じゃあ、スパムと卵焼きのおにぎりは？」

鹿野くんの顔がほころんだので、わたしは慣れた手つきで戸棚からスパムの缶詰を取り出した。冷蔵庫から卵。シンクの下から四角い卵焼きパン。ボウル。菜箸《さいばし》。

よどみない動作で日常を遂行しながら、越えてはいけないラインを、気づかずに越えてしまったことを自覚した。こんなのは、もっと困難なことだと思っていた。そこに至るまでには、言葉に尽くせない経過があるのだと。けれど違った。

越えることはたやすかった。そして越えてしまうことへの怯《おび》えは、越えてしまったあとでは綺麗さっぱり意味を失《な》くした。わたしは確固たる意志を持って、死んだ夫に食事を作る。卵焼きパンに油をひき、卵を流してくるくる巻いていく。いい匂いが立ち込める。

「うる波ちゃん、端っこちょうだい」

命の香りが満ちる台所で、死んだ鹿野くんが話しかけてくる。

「鹿野くんて隅《すみ》っことか端っことか壁際が好きだよね」

結婚しても、わたしはずっと独身時代のように夫を鹿野くんと呼んでいる。自分も鹿野さんなのだけれど、なんとなく直す機会がないまま きてしまった。

「うん、おいしい」

切り落とされた卵焼きの端っこをつまみ、食べ、鹿野くんは目を細める。けれどまな板の上には、鹿野くんが食べてしまったはずの切れ端が残っている。

食べられてしまったのは幻の卵焼き。

ここにいるのは幻の夫。

けれどそれでいい。

いけない理由がわたしの中に見当たらない。

わたしは笑って、この『普通の毎日』を死守しようと決めた。鹿野くんは死んだ。けれど戻ってきた。鹿野くんがわたしの前に在り続ける限り、こちらがわたしの現実だ。

わたしは昂然《こうぜん》と顔を上げ、こちら側で生きていこう。

誰がなんと言おうと。

後ろ指をさされようと。

たとえ世界から切り離されようと。

わたしは、鹿野くんがいれば、それでいい。

アイシングシュガー

薄曇りの日曜の午後、叔母さんがお見合いの話を持ってきた。

「手間のかからない、とっても楽な人なの。丈夫だし本当にお勧めよ」

「家電じゃないんだから、その勧めかたはどうかな」

手土産の白あんの苺《いちご》大福と一緒に、わたしは濃い目に淹《い》れたお茶を出した。

「結婚なんて楽が一番なのよ。うる波も二度目なんだからわかるでしょう。男の人はきちんとお金を家に入れて、うるさいことを言わないのが一番なの。鹿野くんなんて、ひょろひょろで売れない画家だったくせにすごくうるさかったじゃない」

「え、そう？　のんびりした人だったよ」

「どこが。庭を少し手入れしたらって言っても、この荒れ具合が素敵なんですとか、野良猫に毎日餌《えさ》をやるくらいなら飼えばって言ったら、野良だからいいんですよとか」

「それは、鹿野くんなりにちゃんと理由があったの」

その理由のひとつひとつが鹿野くんを形作っている。それを第三者のわたしが説明するのは難しい。無駄な努力をせず黙ってお茶を飲んでいると、溜息《ためいき》をつかれた。

「うる波、あなた次の誕生日で二十九になるのわかってる？」

「なに、いきなり」

「鹿野くんが亡くなってもう二年経つの。あなたがバリバリ働いて、仕事を楽しんで生きていくタイプの子だったらこんなことは言わないわよ。でもそうじゃないでしょ。美術の非常勤講師なんて不安定な仕事でこの先どうするの。そろそろ前を見ないと」

この家があるからいけないのかも、と叔母さんは居間を見回した。アルバイトに毛が生《は》えたくらいの薄給でもやっていけるのは、家賃の負担がないからだと言う。

「三十越したら、あっという間なんだからね」

スーパーで野菜を選別するような目で見られ、わずかに傷ついた。

鹿野くんを亡くした当初、傷《いた》みやすい桃を扱うようだった周囲も、二年も経つとそうそうわたしを薄幸の未亡人扱いはしてくれなくなる。わたし自身がたいして傷心の様子も見せず、以前と同じペースで暮らしているせいもあるのだろう。偉いわね、強いわねと感心されたこともある。その目の奥に、たまに非難の欠片《かけら》を見つけた。

――意外と元気なんだなあ。

――あんまり旦那《だんな》さんのこと好きじゃなかったのかな。

まるで、切れ味の鈍《にぶ》い刃物を当てられているようだった。

――鹿野くんは、今もわたしの隣にいるんです。

そう言いたいのを飲み込み、わたしは曖昧《あいまい》な笑顔を浮かべるしかなかった。

「思ったよりも気丈《きじょう》でいてくれたのはよかったけど、このあたりでもう一歩踏み出してもいいんじゃない。手間いらずで丈夫でとっても楽な人なのよ」

話が一周してしまい、そろそろ面倒になってきた。

「叔母さん、心配してくれてありがとう。でも手間のかからない人も、楽な人も、よく稼ぐ人も全然いらないの。わたし、今の暮らしに本当に満足してる」

「それが問題だって言ってるんでしょ」

もうやんなっちゃうと言いたげに、叔母さんが溜息をつく。その肩越しに、夏を控《ひか》えて濃い緑の葉を茂らせはじめた庭が見える。野放図に配置された四季折々の庭木。

青紫の紫陽花《あじさい》のそばに、鹿野くんがしゃがんで煙草を吸っている。叔母さんの来訪を受け、鹿野くんは庭に避難している。隣に座っても叔母さんには見えないのに。

鹿野くんは好き嫌いがはっきりしている。苦手なものには向かい合わないし、克服できるようがんばることもしない。無駄な努力はしない。代わりに、好きなものには愛と力を注ぐ。わたしは、いいかげんで真面目《まじめ》な鹿野くんが大好きだ。

視線を感じたのか、鹿野くんがこちらを向いた。庭に背を向けて座っている叔母さんを指差し、大げさに顔をしかめ、手のひらを上向けて肩をすくめる。チャップリンの無声映画みたいで思わず笑ってしまい、慌てて口元に手を当てたけれど遅かった。

叔母さんは怖い顔をしていた。

「……うる波」

わたしは神妙に「はい」と返事をした。

「やっぱり、無理してるんじゃない？」

「なにを？」

「うる波は昔からおとなしいわりにエキセントリックなところがあったから、鹿野くんが亡くなったときは本当に心配した。でもあんたけろっとしてて、しすぎてて、なにかおかしいなと思ったの。ねえ、本当はずっと無理してるんじゃないの？」

わたしはぽかんとした。思ったことはすぐ言葉にする人だと思っていたので、ずっと心配させていたのかと申《もう》し訳《わけ》ない気持ちにもなった。叔母さんが身を乗り出してくる。

「これは余計なお世話かもしれないけどね」

真顔で言われ、わたしも真剣に聞く態勢をとった。

「評判のいいメンタルクリニックを調べてあるから、一度行ってみる？」

予想外のことに、さっきよりもさらにぽかんとした。

「叔母さん、結婚相手と一緒に病院も探してたの？」

「どっちに転んでもいいようにね」

合理的すぎて、申し訳ない気持ちは瞬《また》く間《ま》に薄れていった。

「心配してくれてありがとう。でも叔母さん、メンタルクリニックを勧めなくちゃいけないような女を妻に迎える男の人の苦労は考えなかったの？」

「なに言ってるの。うる波はかわいいから大丈夫よ」

駄目だこれは。問いと答えが嚙《か》み合《あ》ってない。けれど身内の愛は伝わってきた。愛情に理屈は無用だ。わたしはありがとうと心からの笑顔を浮かべた。

叔母さんの心配は、半分当たって半分外れている。

庭の紫陽花のそばに立って、煙草を吸っている鹿野くんを眺《なが》めた。鹿野くんは人さし指で頰をつついて、吐き出す煙を輪っかにして遊んでいる。あちらがわたしの現実で、わたしは自分がおかしいことを知っている。知っていて受け止めている。だからメンタルクリニックには行かないし、優秀な家電のような新しい旦那さんも必要ない。

——ありがとう。ごめんね。

心の中で叔母さんに謝ったとき、チャイムが鳴った。時計を見ると三時だった。

「あ、やだ。もうこんな時間。佐々《さ さ》くんたちと約束してたのに」

「佐々くん？」

叔母さんが目を輝かせたので、鹿野くんの後輩で今日は鹿野くんの絵を借りにきたのだと説明した。すわ再婚相手と誤解されてはかなわない。

「なんだ、そうなの。じゃあもう帰るわね」

叔母さんは残念そうに立ち上がり、わたしも一緒に玄関に向かった。

「佐々くん、千花《ちか》ちゃん、いらっしゃい」

「こんにちは。ご無沙汰《ぶさた》しています」

玄関に並んで立つ佐々くんの横には、彼女である千花ちゃんが立っていて、二人は息ぴったりに頭を下げた。二人は中学の同級生で、つきあって八年になる若いのにベテランの恋人同士だ。まだ大学生だけれど、将来は当然のように結婚の約束をしている。

「じゃあね、うる波。さっきの話、気が向いたらいつでも言いなさいよ」

叔母さんは、ごゆっくりと佐々くんたちに言い置いて帰っていった。

「お客さんだったんですね。忙しいときにお邪魔してすみません」

「いいの。佐々くんたちが先約だったんだから」

佐々くんと千花ちゃんを居間に通し、ちょっと待っててねとテーブルを片づけ、お茶を用意しに台所に引っ込んだ。湯が沸くのを待つ間、近所の西島《にしじま》さんにおいしいお蕎麦《そば》をおすそ分けしてもらったことを思い出した。小腹の空く時間なので、おやつに少し茹《ゆ》でてあげようかと棚から箱を出したとき、駄目だよと横から言われた。

「佐々くん、蕎麦アレルギーだから」

いつの間にか、鹿野くんが隣に立っていた。

「そうなの？」

「ひどいらしいよ。子供のころ死にかけたんだって。外食はかなり気を遣うし、手作りだと親か千花ちゃんが作ったものくらいしか食べないって聞いたことがある」

「ああ、千花ちゃんなら任せても大丈夫ね。大学も家政科で料理はプロ級らしいから」

「それもともとは佐々くんのためだろう。蕎麦アレルギーで外食できない佐々くんのためにがんばったらしいよ。つきあいも長いし、佐々くんはもう逃げられないな」

「逃げる必要なんてないでしょ」

わたしは笑って蕎麦をしまい、叔母さんからもらった苺大福を小皿にのせた。


「よかったらどうぞ。白あんが軽くておいしいの」

お茶と一緒にお菓子を出すと、佐々くんはやっぱりありがとうございますと会釈をしただけで手はつけず、千花ちゃんが補うようにいただきますと早速口にした。

「あ、本当、すごくおいしい。ふわっとして軽い口どけが苺にすごく合いますね」

白いお餅《もち》に包まれた白あんと真っ赤な苺は、色白で奥二重の千花ちゃんによく似合っている。朗《ほが》らかな話しかたも嫌味がなくて、わたしは千花ちゃんが好きだった。

「その子はいつもおいしそうに食べるね」

鹿野くんは居間の壁にもたれ、こちらを見て目を細めている。もちろん二人は気づかない。鹿野くんの姿も声も、わたしにしか見えないし聞こえない。

落ち着いてから、頼まれていた鹿野くんの絵を佐々くんに渡した。三十号が二枚と百号が一枚。大きいものなので、取っ手をつけて梱包《こんぽう》しておいた。

「さすが。完璧《かんぺき》ですね」

鹿野くんに教えてもらったとは言えないので、わたしは黙って微笑んだ。

佐々くんは鹿野くんが卒業した美術大学の八期下の後輩だ。普通なら接点はないのだけれど、鹿野くんが講師をしていた美大受験のための予備校で知り合った。叔母さん曰《いわ》く売れない絵描きの鹿野くんだったけれど、副業のおかげで経済力は人並みだった。

佐々くんは志望大学に受かったあとも、OBとして研究室に出入りしていた鹿野くんとつきあいが続いた。初めてうちに遊びにきたときは、まだ幼《おさな》さの残る男の子だったけれど、大学三年生になった今はずいぶん大人の顔になった。今回は毎年やっている研究室展のために、教授のお使いとして作品を借りにきたのだ。

「毎年ありがとうございますと舟木《ふなき》教授に伝えてください」

「こちらこそ、毎年作品をありがとうございますと言付かってます」

お互いに頭を下げ合い、千花ちゃんも含めて三人で笑った。

「あの、教授からもうひとつ言付かっていることがあるんですけど。その……」

遠慮がちな佐々くんの様子だけでわかってしまった。

「鹿野くんのお墓のこと？」

問うと、佐々くんは遠慮がちにうなずいた。

「まだ納骨してないの。ごめんなさい」

「あ、いえ、こっちこそ立ち入ったことを」

「ううん、お墓参りしたいと思ってもらえてるんだもの。本当に感謝してる。二年も経つんだから、いいかげんちゃんとしなきゃいけないのはわかってるんだけどね」

わたしは一旦《いったん》息を吐いた。

「いろいろ考えて、もう手元供養にしようと思ってるの」

寺に納骨せず、家でお骨を管理していつでもお参りできるようにする。最近は多いのだと言うと、佐々くんは黙ってうなずき、千花ちゃんはいいと思いますと言った。

「うる波さんの気持ちが一番大事ですから」

言い切ってくれた千花ちゃんにありがとうと微笑み、内心でごめんねと謝った。

佐々くんも千花ちゃんも、思いやりのある優しい子たちだ。教授だってこの二年、変わらず研究室展に鹿野くんの作品を展示してくれる。鹿野くんの友人も年賀状をくれて、納骨の際はお知らせくださいと遠慮がちに一筆添えてある。

鹿野家のお墓はすでにあるので、納骨するかしないかはわたしの気持ちひとつだ。鹿野くんの両親が健在だったらこうはいかなかっただろう。鹿野くんの両親にわたしは会ったことがないけれど、いつまでも納骨しないわたしを怒っているかもしれない。

手元供養をするなんて嘘《うそ》だった。鹿野くんと親交のあった人たちを納得させるためにそう言っただけで、わたしは供養自体する気がない。

だって鹿野くんはここにいる。今だって居間の壁にもたれて胡座《あぐら》をかいて、機嫌よさそうにわたしたちを見ている。納骨なんてしてしまうと、鹿野くんのご両親やご先祖さまに鹿野くんを連れていかれそうな気がして怖いのだ。

わたしは、鹿野くんを愛する人たちの気持ちを踏みにじっているのかもしれない。申し訳ないと思う。それでも、どうしても、鹿野くんの骨をお墓に入れることはできない。

「あ、絵を替えたんですね」

佐々くんが空気をほぐすように壁の絵を見た。

「うん。あたたかくなってきたし明るいものにね。バオバブの木よ」

アフリカのサバンナに多い巨木で、太い幹のてっぺんにだけ葉が茂り、垂れ下がるようにたくさんの実が生《な》る。淡い薔薇《ばら》色《いろ》のグラデーションの地平に、それよりもやや濃い色目のバオバブの木が大小並んでいる。

「アフリカっていうと強烈な色使いのイメージだけど、鹿野さんのフィルター通すとこんなふうになるんだな。蜃《しん》気《き》楼《ろう》みたいに霞《かす》んでて、植物なのに未来都市にも見える」

鹿野くんはカテゴライズするなら幻想作家の枠に入れられる。若手の中では有望なほうで、皮肉なことに死んだことでさらに評価は高まった。今でも画廊や目利き筋から展示会や売買についての連絡がくる。自分以外の中にも鹿野くんの存在が息づいていることは素直に嬉《うれ》しい。当の鹿野くんは、生きてるうちに評価してよと文句を言っている。

きゃっと千花ちゃんが小さく悲鳴を上げた。

「え、なに、どうしたの？」

「蜘蛛《くも》です！　そこ！」

千花ちゃんが壁を指差す。振り向いた瞬間、黒い小さな影が壁を走ってテレビ台の後ろに隠れたのが見えた。これでテレビ台の後ろは当分掃除できないことが決まった。

「急に叫ぶなよ。びっくりするだろ。すみません、うる波さん」

佐々くんが謝り、千花ちゃんも慌ててごめんなさいと頭を下げる。それでもまだテレビ裏を気にしている千花ちゃんにわたしは共感した。

「そんな怖がらなくても、人のいるところにはこないよ」

「そんなのわからない。だから見たら絶対に殺してね」

苺大福が似合う千花ちゃんの口から洩れた「殺してね」に、わたしは少し驚いてしまった。佐々くんは慣れているのか、はいはいとうなずいている。

「すみません。こいつ、本当に虫が駄目なんですよ」

佐々くんが苦笑いで千花ちゃんを指差す。

「わたしもよ。好きな女の子は少ないと思う」

「怖いなら逃げればいいのに、その場で固まって悲鳴上げるだけなんですよ？」

「それもわかる。わたしも庭で蝉の死骸を踏んづけたときはそうだった」

身動きすることもできず、目をつぶってひたすら叫んでいた。そのうちアトリエに使っている奥の部屋から鹿野くんが出てきてくれた。

──なにしてるの？

──蝉が足の下にいるの。死んでるの。助けて。

意味がわからないというふうに鹿野くんは首をかしげた。

──足をどければいいいんじゃない？

──無理。動いたら感触が伝わる。

仁王立《におうだ》ちで硬直しているわたしを見て、鹿野くんは溜息をつきながら縁側を降り、わたしのわきの下に手を入れ、よいしょと持ち上げて移動させてくれた。

──女の子ってめんどくさいなあ。

鹿野くんは目尻《めじり》に皺《しわ》を寄せて笑っていた。

「虫を見つけたときのあの反応ってなんなのかしらね。頭の中でガラガラガシャーンってシャッターが下りて、逃げることもできず恐怖に殴られ続ける感じ」

「そう！　そうなんです！　ね、わたしだけじゃないでしょ？」

我が意を得たりと、千花ちゃんは佐々くんを見た。

「虫くらいで機能停止しないでほしいな。世の中にはもっと怖いこともあるのに」

「佐々くんだってお蕎麦で死にそうになるじゃない。わたしはお蕎麦好きだよ」

「俺のは好き嫌いの問題を超えた体質なの。そんな屁理屈《へりくつ》言うんなら、今度から大きい蜘蛛やゴッキーが出ても自分でなんとかしろよな」

途端に千花ちゃんは顔を引きつらせ、それは無理、ごめんなさいと謝った。佐々くんはよしとうなずき、わたしは「佐々くん、それはずるいよ」と笑った。

「佐々くんだって、食事関係は千花ちゃんに助けてもらってるんでしょう？」

「まあ、それはそうかも……」

佐々くんはバツが悪そうにくちごもり、千花ちゃんはそうだよーと元気になった。

「でも、わたしは好きでやってるからいいんです」

佐々くんを通して、千花ちゃんは食物アレルギーの大変さを思い知った。アレルギー持ちには飲んではいけない禁忌薬というものがあり、市販の薬は飲めないとか、外食をするときは事前にアレルギーがあることを伝えておかなくてはいけないとか。

デートのたびに不便でごめんと佐々くんに謝らせるのが嫌で、千花ちゃんは料理を勉強し、デートには手作りのお弁当を持ってくるようになった。それが高じて大学では管理栄養学科を専攻し、今は栄養士になるべく就職活動に励《はげ》んでいる。

「アレルギーがあるから我慢してねって言うの、わたしは嫌なんです。アレルギーがあってもみんなと同じように楽しみたい。そのためには危険は徹底排除です。外食するときは事前にチェックして、今じゃ対佐々くんセーフティマップができてます」

千花ちゃんが鞄《かばん》からスマホを取り出した。見せてもらったアプリには、佐々くんが安全に食事ができる和洋中いろんな飲食店のデータが登録されている。

「すごい。佐々くんの奥さんは最強ね。頼もしい」

「いや、奥さんって、まだわからないですけどね」

佐々くんは照れたように目を伏せる。

「そんなものまで買ってるのに、わからないはないでしょう」

からかうように聞いてみた。千花ちゃんの鞄から結婚情報誌がチラ見えしている。わたしの視線を追って、千花ちゃんが「あ、これ」と雑誌を取り出した。

「うる波さん、見てください」

それは指輪の特集ページだった。中心のダイヤモンドを小さなピンクサファイヤが囲んだ花のモチーフのプラチナリング。派手さのない清楚《せいそ》なリングで、千花ちゃんに似合いそうだった。こういうのをずっと探してたんですと千花ちゃんが言う。

「よくありそうなデザインに見えるけどなあ」

佐々くんが横から口を出し、全然違うよと千花ちゃんは顔をしかめた。

「真ん中のダイヤモンドも大きすぎず小さすぎず絶妙だし、ピンクサファイヤの色味もどんぴしゃ。ピンクサファイヤはものによって全然色が違うんだから」

「すごいこだわりね」

感心するわたしに、千花ちゃんは恥ずかしそうに笑った。

「実はわたし、指輪はひとつも持ってないんです」

「え、そうなの？」

長いつきあいなのに、佐々くんから贈られてないのだろうか。

「佐々くんから何度かもらえる機会はあったんです。特に十七歳の誕生日。彼氏からシルバーリングをもらうと一生一緒にいられるっていうおまじないみたいなのが高校のときに流行《はや》ったんです。わたしの友達もみんな彼氏にねだってました」

「ああ、わたしのときにもあったわ」

自分のときは二十歳で、彼氏ではなく父親からだったけれど。

「でも、あんまりみんなが同じことしてるから嫌になったんです。わたしたちは中学のころからつきあってて、そういう流行りとは違うんだってちょっと意地になって」

へそを曲げた千花ちゃんは、シルバーリングの代わりに佐々くんと約束をした。千花ちゃんが初めてする指輪は、佐々くんからのエンゲージリングにすると。

「婚約ってわけね」

千花ちゃんはえへっと笑い、佐々くんはうつむいてしきりと首筋をいじっている。

「そういう事情なら、こだわりがあって当然ね」

わたしは指輪の写真に目を落とした。ピンクの小花モチーフのダイヤモンドリング。

「佐々くん、ちゃんとこういうのちょうだいね」

千花ちゃんが佐々くんに念を押す。佐々くんは恥ずかしいのか、聞こえないふりで鹿野くんの絵を眺めている。八年もつきあっているのに初々しい二人に目を細めた。

二人を見ていると、穏《おだ》やかで明るい風景を連想する。

気持ちのいい風の吹く野原で、黄色くて丸いタンポポが揺れている。

わたしと鹿野くんが過ぎてきた景色を、ほろ苦い気持ちで思い浮かべた。


「あの子たちって、タンポポみたいね」

佐々くんと千花ちゃんが帰ったあと、わたしは思い出し笑いを浮かべた。いつものように縁側に腰かけ、梅雨を控えて緑を濃くしていく庭を眺めながら鹿野くんと話をする。

「タンポポって不吉じゃない?」

鹿野くんが言い、なにがと問い返した。

「タンポポって、大人になったら綿毛になってばらばらに飛んでくんだよ」

なるほど。言われてみれば、将来を誓っている恋人同士のたとえにしたのはまずい気がした。じゃあ取り消すと言うと、あっさりしてていいねと言われた。

「あの指輪の話、昔のこと思い出しちゃった」

わたしは爪先《つまさき》に引っ掛けたサンダルをぶらぶら揺らしながら言った。

「どの世代でも、似たような話が流行るのはなんでだろ」

「指輪屋の陰謀だろ」

ゆびわや、とわたしは繰り返した。つたない響きが気に入った。

「わたしたちのときも完全に指輪屋の陰謀だったわね。二十歳の誕生日にお父さんからシルバーアクセサリーをもらえた女の子は幸せな一生を送ることができるって」

「より悪辣《あくらつ》だ。彼氏よりもお父さんのほうが金を持ってるし」

「お父さんは娘の幸せを人質に取られてケチれないしね」

ゆびわやはよく考えていると、わたしたちは笑った。残念なことに、わたしにはお父さん自体がいなかったので、その話を聞いたとき、わずかに悲しくなった。けれどそのゆびわやの陰謀こそが、わたしと鹿野くんを近づけてくれたのだ。

鹿野くんと出会ったのは、大学生には珍しくもない合コンの席だった。いつまでも男っ気のないわたしに、女友達がセッティングしてくれた会だった。

お父さんになにを買ってもらうか盛り上がる友人たちに、わたしが相槌《あいづち》だけを打ち続けていると、斜め前に座っている男の子が「きみは？」と聞いてきた。ゆるやかにうねるカラスのような黒い髪。長い前髪に隠れて目がよく見えない。

——あ、いないの。お父さん。

無防備に答えてしまった瞬間、テーブルがしんとなり、しまったと思った。友達がごめんねと言い、いいよ、気にしないでとわたしは笑ってみせた。男の子たちがすぐに別の話を振ってくる。ありがたさと申し訳なさで困っていると、

——これ、あげるよ。

とカラスの男の子がジーンズのポケットから無造作に小さな銀色の塊《かたまり》を取り出し、わたしに向かって差し出した。受け取ったそれは、涙のような楕円《だえん》の銀細工だった。なにに使うものなのかと尋《たず》ねると、使い道は特にないと彼は答えた。

——彫金科で遊びで作ったやつ、ポケットに入れっぱなしだったから。

なんだそれと男の子たちは笑ったけれど、この流れでガラクタあげるってちょっと失礼じゃないかなとわたしの友人たちは眉《まゆ》をひそめ、微妙な空気になってしまった。

でもわたしは嬉しかった。あのときのわたしは少しかわいそうだったんだろう。そして彼はなにかしてあげたいと思ってくれた。扱いが難しい哀《あわ》れみの感情を、繕《つくろ》わずそのまま差し出してきた無防備な彼を好ましく思った。

——ありがとう。お礼がしたいから、よかったら連絡先を交換してくれる？

わたしからそう言ったとき、友人たちは驚いた顔をした。わたし自身も驚いていた。わ

たしは奥手だけれど、怖がりではないのだとあのとき初めて知った。

あのときもらった涙型の銀細工は鹿野くんがブローチに加工してくれて、今は毎日使う気に入りの布バッグに留められている。

「あのブローチ、お婆《ばあ》ちゃんになってもずっと大事にする」

そう言うと、鹿野くんは嬉しそうに目を細めて立ち上がった。庭を歩きながら、ポケットから煙草を出して火を点ける。匂いが苦手と最初に言ってから、鹿野くんは煙草を吸うときは必ずわたしから少し離れるようになった。

猫の額よりは広い庭を歩きながら、煙を吐く鹿野くんは鉛筆みたいに細い。

「鹿野くん、出会ったころから全然変わらないね」

わたしは縁側に座ったまま言った。

「顔もほとんど年取らないし、どこにも肉がついてない」

「食べても太らない体質みたいだ」

「いいなあ。わたしは食べた分きっちり太る」

「太ったうる波ちゃんもいいと思うよ」

鹿野くんが青紫のグラデーションが美しい紫陽花の横にしゃがみ込む。

「じゃあ皺だらけになったら？」

「自然の姿だからいいと思う」

「鹿野くんも皺だらけならいいけど」

鹿野くんがこちらを向いた。

「これから、わたしだけが年を取っていくんでしょう？」

問うと、鹿野くんは考えるような顔をした。

「どうかな。俺が死んで二年だろう。二年くらいじゃあんまり人の顔は変わらないし、わからないだけで、実は俺も年を取ってるのかもしれないよ」

しゃがんだまま、鹿野くんが薄曇りの六月の空を見上げる。

鹿野くんが戻ってきた当時、鹿野くんは自分が死んだことに気づいていなかった。わたしも余計なことを言わなかった。けれど記憶喪失の人が回復していくように、鹿野くんも徐々に自分が生きていないことを理解した。そして何度もわたしに謝った。

――ごめんね。うる波ちゃんを置いていって。

謝りながら、わたしの頬に手を当てた。短く切りそろえられた爪《つめ》に油絵の具が染《し》みている。香り。体温もある。なにも変わらない。なのに生きていないなんて。

「あと五年くらいしないと、鹿野くんが年を取ってるかどうかわからないね」

「うん、もう少し待ってて。俺もうる波ちゃんと一緒におじさんになりたいよ」

わたしも心からそう願う。いつまでも若いままの鹿野くんの隣で、自分だけがおばさんになって、お婆さんになっていくのはきっとものすごく切ない。

「中年太りして、お腹の出たおじさんになった鹿野くんが見たいな」

「それは叶《かな》えてあげられないかも。うちの両親の腹はぺたんこだった」

鹿野くんが言い、わたしは立ち上がった。

「じゃあお爺《じい》さんになって、髪が真っ白になった鹿野くんが見たい」

庭用のぶかぶかのサンダルで歩いていくと、鹿野くんはポケットから携帯灰皿を出して煙草をもみ消した。物理的には存在しない鹿野くんの吸う煙草。その煙や吸い殻がわたしの肺や環境を汚すのかどうかは疑問だ。けれど、たとえ夢幻だとしても、わたしを気遣《きづか》って煙草を消してくれるところ、そして吸い殻をポイ捨てしない鹿野くんが好きだ。

「どんな姿でもいいわ。ずっとそばにいてくれるなら」

鹿野くんはなにも言わず目を細める。

「……うる波さん」

ふいに背後から呼ばれた。びっくりして振り向くと、山茶花《さざんか》の垣根《かきね》を挟み、玄関前に立つ佐々くんと千花ちゃんがいた。二人はなんともいえない顔をしていた。

「……すみません。わたし、忘れ物をしてしまって」

急いで取りに戻ってきたら、ひとりで庭に立ち、なにもない空間に向かって話しかけているわたしを見てしまったというわけだ。さぞかし怖かっただろう。どうやってごまかそうかと考えたけれど、どうやってもごまかせそうにない。

「驚かせてごめんなさい。鹿野くんと話してたの」

開き直ってそう言ってしまい、少し待っててねと居間に戻った。千花ちゃんが座っていた場所に置き去りにされている化粧品の紙袋を手にふたたび庭に下りた。

「これでよかった?」

「はい、ありがとうございます」

山茶花の垣根越しに千花ちゃんに手渡した。

「……あの、うる波さん、余計なお世話かもしれないですけど」

なにか言いかける千花ちゃんを、おい、と佐々くんが小声でたしなめる。

「いいよ。言って?」

うながすと、千花ちゃんは意を決したように目を合わせてきた。

「わたしでよかったら、いつでも病院とか付き添います」

佐々くんが盛大に顔をしかめた。

「うる波さん、失礼なこと言ってすみません。こいつ悪気はないんです」

慌てて頭を下げる佐々くんに、わたしは首を横に振った。

「わたしのほうこそ、驚かせてごめんなさい。いつもは気をつけてるんだけど、人目がないとついゆるんじゃって。いつもこんなふうなの。病院に行く予定は特にないわ」

小さく笑うと、二人はなんとも複雑な顔をした。

「鹿野さん、今もここにいるんですか?」

千花ちゃんの問いに、隣で佐々くんが絶望的な顔をした。

わたしは笑みを保ったまま、いるよ、と左隣を見た。二人もつられてそちらを見る。注目を浴びた鹿野くんは、困った顔で「どうも」と手を振った。

「今、二人に向かって手を振ってる」

千花ちゃんと佐々くんは、わたしの左隣に向かって目を凝《こ》らした。鹿野くんは一応手を振っているけれど、二人の目には困惑しか浮かんでいない。やはり鹿野くんの姿は、わたし以外には見えないのだ。わかっているのに、今更のように落胆が胸に広がる。

——ねえ、この部屋なにか感じない?

——ねえ、庭の百日紅《さるすべり》の木の横になにか見えない?

今まで、さりげなく、何度も確かめてきた。すべて無駄だった。それでもたまにまた確かめたくなる。この人には見えるかもしれない。今日こそ見えるかもしれない。もしかして、もしかしてと縋《すが》るように問いかけてしまう。それはわたしの弱さだった。

鹿野くんとの暮らしは、熱い紅茶に落とされた角砂糖のように脆いものだから、誰の言葉にも惑わされないよう、心の中で何度も繰り返さねばいけない。

鹿野くんはここにいる。

鹿野くんはここにいる。

確固たる意志をもって、自分の目に映るものを信じ続けなくてはいけない。

脆くて甘い砂糖細工の城を、終生守っていけるように。

「よかったら、もう一杯お茶を飲んでいく？」

佐々くんが答える前に、千花ちゃんがいただきますと言った。

二人を縁側に通し、濃い目のアイスコーヒーを淹れた。熱いコーヒーを注ぐと、グラスいっぱいの氷がみるみる溶けていく。ガムシロップとミルクを用意しながら、これからはすっかり精神を病んだ人扱いされるんだろうなとあきらめの笑みがこぼれた。

ちょっと迂闊《うかつ》だったかなと反省した。こんなふうに少しずつ秘密がもれていくことで、日常が窮屈になる。大事なのは今の鹿野くんとの暮らしで、鹿野くんの存在をみんなに認めさせることではない。そこを間違えるとしんどいことになる。

アイスコーヒーを持っていくと、縁側に並んで座る二人の背中が見えた。まっすぐ背筋を伸ばしている佐々くんに、千花ちゃんがもたれかかっている。

「うる波さん、お気の毒だね」

千花ちゃんがぽつりと小さくつぶやく。

「わたしなら耐えられない」

同情と相反する、恋人に対する甘みを秘めた声だった。

「おまえ、そういうこと軽々しく口にすんなよ」

佐々くんは不機嫌そうに答えた。

「……ごめん」

少し間が空いた。

「ねえ佐々くん、お願いがあるんだけど」

「なに」

「わたしを置いていかないで」

その言葉は、細い針になってわたしの胸を刺した。

わたしは、わたしが『置いていかれた人』だということを強く自覚した。

静かに台所に引き返し、アイスコーヒーの盆をテーブルに置いた。込み上げてくるものに耐えていると、いつの間にか横にいた鹿野くんが抱きしめてくれた。

「泣いてもいいよ」

やわらかな低音の声。しっかりとした質感と体温。わたしは首を振り続けた。わたしは平気だ。わたしは大丈夫だ。この鹿野くんが妄想《もうそう》だろうとなんだろうと構わない。わたしにとってはこっちが現実だ。少しずつ心が落ち着きを取り戻していく。

「わたしが泣く理由なんて、なんにもないわ」

鹿野くんの腕の中で、自分に言い聞かせるようにつぶやいた。

わたしは週に五日、美術の非常勤講師として私立の高校に勤めている。仕事はそう忙しくない。コマ割りでの契約で、出勤も退勤も曜日によって違う。

水曜日は午前中で授業が終わり、昼下がりのスーパーをのんびりと回る。新鮮なアジが安い。たたきにしたいけれど、今夜の夕飯は明日の朝に食べることになるので、傷まないか心配だ。どうしようかなと、しばし悩んだ。

わたしは同じ献立《こんだて》の食事を二度続けることが多い。

わたしと鹿野くん、二人分の食事をひとりで食べなくてはいけないからだ。

鹿野くんは幽霊だけれど、生きていたころと同じように日々を過ごす。アトリエにこって絵を描き、疲れると休憩し、食事をし、お風呂に入り、夜は布団を敷いて眠る。

けれどそれは鹿野くんの観念の中での出来事で、現実になにかを及ぼすことはない。鹿野くんが食べる食事は実際には手つかずのまま置いておかれる。毎日着替える服は汚れない。ポケットから取り出される煙草は何本吸っても減らない。吐き出される煙は大気を汚さない。ライターのオイルが尽きることもない。

——その煙草やオイルって、どこからきてるんだろう。

——さあ、どこかな。遥《はる》かなる異次元とか。

――鹿野くん自体が異次元の存在だからね。

――うん、だから猫型ロボットの腹についてるポケットみたいに、俺がほしいと思ってるうちは煙草もライターのオイルも無限に出てくるんじゃないかな。

鹿野くんがそう言ったとき、ひやりとしたことを覚えている。

それはつまり、鹿野くんがもういいやと思ったらすべては消えるということか。人はどんなときに、もういいやと思うのだろう。満足したときか。それとも絶望したときか。

――煙草がどれだけ値上がりしても困らないね。

とりあえずごまかすと、鹿野くんはいいことを思いついたような顔をした。

――うる波ちゃん、なにかほしいものない？

――ほしいもの？

――出してみるよ。

ほら早くと急《せ》かされ、じゃあ一万円と言った。夢も希望もないねと鹿野くんが笑う。本当に出せたとしても、それは幻なので使えないだろう。お遊びだ。

鹿野くんはポケットに手を突っ込み、難しい顔で目を閉じた。猫型ロボットが道具を取り出す際のメロディを口ずさみ、何度かチャレンジしたが、お金は出てこなかった。煙草は出るけどお金は出ない。不思議だったけれど、なんとなく世の道理として安心した。

「えーっと、だから、つまり、なにが言いたいかというとね」

会話の途中で脱線してしまい、わたしは遅ればせながらまとめに入った。

食卓の向こうでは、千花ちゃんがおとなしくわたしの話を聞いている。

今日は夕飯時になって、ふいに千花ちゃんが訪ねてきた。たまたま近くまできたんですと言い、「よかったらどうぞ」と手料理の詰まったタッパーをもらった。ずいぶんと用意のいい『たまたま』だなと思いながら、ありがとうと受け取った。

「つまり鹿野くんは観念的な存在であって、本人の感覚としてお腹は空くけど、物理的にご飯を食べるわけじゃないの。その結果どうなるかというと、鹿野くんが食べなかった分のご飯を次回の食事でわたしが食べることになるわけ。それがこのメニューよ」

こんがり焼かれたチーズトースト、半熟の目玉焼きとウインナー、貝割れとトマトのサラダとコーヒーという朝食メニューが食卓に並んでいる。できたてはおいしそうだったけれど、半日経って今はあまりおいしそうじゃない。実際おいしくない。

「鹿野さんが食べないなら、最初から作らなければいいんじゃないんですか?」

「でもお腹は空くのよ。お腹を空かしている人の前で自分だけが食べられる?」

それは無理ですと、千花ちゃんは降参した。

「じゃあ、こっちが今夜の鹿野さんのご飯なんですね」

千花ちゃんは食卓に並んだもう一組の食事を見た。炊《た》きたての玄米ご飯、茗荷《みょうが》のお吸いもの、アジはたたきではなく塩焼きにした。あとは茄子《なす》の蒸《む》したものに大根おろしとポン酢をかけたもの。蒸し暑い梅雨の夜にはいいメニューだと思う。

「ちなみに、鹿野さん、今、ここにいるんですか？」

千花ちゃんが空っぽの椅子を凝視する。

「ううん、今はいない」

「このご飯、明日の朝、うる波さんが食べるんですよね？」

「その予定」

「……そっかあ」

千花ちゃんは物言いたげに鹿野くんの分の夕飯を見つめる。

「事情はわかったんですけど、やっぱり残り物ばかり食べるってさびしくないですか。たまにはできたてのご飯を食べないと。うる波さんは生きてるんですから」

そんな言いかたはやめてほしい。

わたしにとっては鹿野くんも生きている。

思わず出かかった言葉を飲み込んだ。強く否定するほど、浮かび上がってくる事実もある。わたしは動揺を抑え、ゆったりとした話しかたを心がけた。

「たまにはできたてても食べるわよ。ローテーションやメニューによって」

「毎日食べたほうがいいです」

千花ちゃんは諭《さと》すように身を乗り出してきた。

これは少々厄介なことになったと、秘密を打ち明けたことを後悔した。

この子は母性が強いというか、情が濃いというか、だからこそ佐々くんのアレルギーにも懸命に取り組んだんだろうけれど、わたしには重い。ある種の好意は粘性のある蜘蛛の巣《す》に似ていて、必要としていない人間にとっては逃げづらい嫌な構造をしている。

答えに窮《きゅう》していると、鹿野くんがちらっと台所を覗《のぞ》き込《こ》んできた。けれどわたしたちの会話を聞いていたのか、そろそろと引っ込んでいった。ずるい。隣にいても役には立たないけれど、夫としてこの状況に共に耐えてほしかった。

「そういえば、千花ちゃん来月誕生日じゃなかった」

話題を変えると、千花ちゃんは覚えててくれたんですかと喜んだ。

「佐々くんとどこか行くの?」

「はい、長野にタイムカプセルを埋めに」

「え、なにそれ」

二人が行くのは長野の自治体が村おこしに企画しているツアーらしく、タイムカプセルには腐るもの以外ならなにを入れてもいいそうだ。掘り起こすタイミングは一年刻み二十年以内で、参加する側が自由に決められるのだという。

「へえ、おもしろい旅行ね。千花ちゃんはなにを埋めるの?」

「悩み中です」

「佐々くん宛《あ》ては確定として、何年後に見るかで入れるものも変わりそうね。長期だったらロマンチックなものがいいかも。いつ掘り起こすか決めてるの？」

「うーん、……一年後とか」

「それはちょっと短すぎない？」

せっかくのタイムカプセルなんだから、もう少し寝かせておけばいいのにとなにげなく言うと、でも、と千花ちゃんはふいに真顔になった。

「人生って、どうなるかわからないじゃないですか。十年後に設定しても、そのときまで一緒にいられるかどうかわからない。うる波さんならわかりますよね？」

強い意思を持った問いかけだった。

「わかるわ。とても」

今、こうしているわたしと千花ちゃんだって、明日になれば、いや今夜、一分後、どうなるかわからない。天災、事故、事件、あらゆる厄災は予告なく訪れる。けれどそれをわたしに聞くのはどうだろう。笑みを保つために努力が必要だった。

夫を亡くして心を病んだ（と思っている）妻に手作りの料理を差し入れる気遣いを見せながら、同じ手で傷口を抉るようなことをする。けれど、そういう人は意外に多い。自分の矛盾に気づかないだけで、本人は自分を善良だと思っている。

「もう春も終わりだね」

いつの間にか鹿野くんが戻ってきて壁にもたれていた。

もう七月に入ったのに、春だなんておかしなことを言う。けれどすぐに気づいた。以前のように、春風に吹かれて揺れるタンポポと彼女を重ねることはできなくなった。

もうすぐ夏、千花ちゃんの誕生日がやってくる。


梅雨が明けた途端、本格的な暑さがやってきた。最高気温三十三度というテレビのテロップを見ただけでぐったりしてしまい、お腹が空いても素麺《そうめん》すら茹でたくない。

「食欲がないのに、どうして体重が増えるのかな」

居間の畳に寝転んでつぶやくと、鹿野くんにあきれた目を向けられた。

「そりゃあ、そんなものばかり食べてるからだよ」

わたしの手には淡い青色のソーダバーがある。

「そのくせ、そんなものはいてるし」

わたしの足はもこもこした膝丈《ひざたけ》ソックスに包まれている。エアコンがなくては夏を過ごせないけれど、冷え性で足だけが冷たくなるのでその対策だ。けれど末端以外は暑いのでアイスを食べる。暑かったり冷たかったり、夏は受難の季節だ。

「身体のそれぞれの欲求に合わせるとこうなるのよ」

「暑いんだし、足が冷たくなれば気持ちいい気がするんだけど」

「そういう心地いい冷たさじゃなくて、鈍い痛みなの。骨から冷たくなって、お肉の部分がぎゅーっと固まってずんずん疼《うず》く感じ。男の人にはわからないと思う」

「男でよかった」

鹿野くんは無情な言い草で会話を終わらせた。もっといたわってよと、わたしは畳に仰向けのまま、膝丈ソックスをはいた足で鹿野くんのお尻をぱすぱす蹴《け》る。

「うる波ちゃん、八つ当たりしてないで午前中のうちに買い物行っといで」

そうだった。今日は土用の丑《うし》の日で、この日、我が家では毎年鰻《うなぎ》を食べると決まっている。普段の慎《つつ》ましさをかなぐり捨て、デパートまで買いにいくのだ。

「鹿野くんはどうする？」

「俺は仕上げたい絵があるから」

わかったとわたしは立ち上がり、出かける支度《したく》をした。

鹿野くんは実体を失くした今も、以前と変わらず絵を描く。勤めていた美術予備校にはさすがに行かないけれど、北向きの四畳半をアトリエに、ほぼ毎日キャンバスに向かい合う。現実に絵が完成することはない。筆も汚れず、絵の具も減らない。

画家にとって、永遠に完成しない絵を描き続けるのはどんな気持ちだろう。

わたしは鹿野くんと結婚してから絵は描かなくなった。明らかな才能の差に、絵描きである自分を打ち砕《う　くだ》かれたからだ。あまりに歴然とした差だったので、逆にあっさり手放すことができたし、はなから手放せる程度のものしか持っていなかったのだ。

芸術で食べていく人は、桁違《けたちが》いの執念を持っている。物狂おしいまでのそれを、わたしは持ち合わせていなかった。鹿野くんが彼岸《ひがん》から戻ってきたのは、ある意味、その執念のおかげかもしれない。わたしにはけっして踏み込めない領域。

いってきまーすとアトリエに声をかけ、日傘を手にわたしは家を出た。

デパートの地下はいつも混み合っている。土用の丑の日である今日、鰻屋には行列ができていた。十分ほど並んで鰻を二枚買い、一階に上がって、千花ちゃんの誕生日プレゼントを見にアクセサリー売り場を回った。

あれから二度ほど、千花ちゃんは手作り料理を差し入れてくれた。ありがた迷惑だけれど、好意であることは間違いなく、お礼はしておきたかった。千花ちゃんの理想の指輪に似たピンクの花モチーフのバレッタを選び、リボンをかけてもらった。

用事もすみ、出口へとフロアを歩いていると、見覚えのあるのっぽの男の子が目に入った。佐々くんだ。女の子に人気のあるジュエリーショップのガラスケースの前で、隣には千花ちゃんではない女の子がいて、二人は腕を絡めていた。

——見なかったことにしよう。

速やかに踵《きびす》を返《かえ》す。けれど気配を感じたのか、佐々くんがこちらを向いた。ばっちり目が合ってしまう。ああ、最悪だ。無視することもできず、とりあえず会釈をする、佐々くんは隣にいる女の子になにか言ってから、こちらにやってきた。

「こんにちは。先日はお邪魔しました」

丁寧に頭を下げられ、わたしもいえいえと下げ返した。

「あの……」

「はい」

微妙な沈黙が生まれた。こういうのは実に気まずい。

「千花がよく遊びにいってるみたいですね」

佐々くんが話をつないでくれた。

「ええ、手作りの料理と一緒に」

「すみません。迷惑でしょう」

答えられずに苦笑いを返した。

「あいつ、そういうとこあるんですよ。いいやつで面倒見もいいんだけど」

困り顔で、わかるでしょうという視線を向けられた。

「そうね。でも彼女の『そういうとこ』に佐々くんはずいぶん助けられたんじゃない？」

問うと、佐々くんは唇を引き結んだ。わたしの問いかたは意地悪だったと思う。でも佐々くんの言い訳に同意することで、浮気の共犯にされるのは嫌だった。

「……すみません」

「わたしに謝らなくてもいいわよ」

「迷ってるんです」

「そういうときは誰にでもあると思う」

「千花には自分で言いますから」

「そう。わたしはなにも言わないから安心して」

それだけで別れた。帰りのバスに揺られながら、ちょっとした手荷物が増えたように感じていた。まだ迷っていると佐々くんは言ったけれど、自分で言いますということは、彼の気持ちは千花ちゃんとの別れにかたむいているのだろう。

——人生って、どうなるかわからないじゃないですか。

先日の千花ちゃんの言葉を思い出した。タイムカプセルをいつ掘り起こすのか聞いたときだった。一年後と言ったあと、怪訝《けげん》そうなわたしに彼女は言った。

——十年後に設定しても、そのときまで一緒にいられるかどうかわからない。

千花ちゃんは、佐々くんの心変わりに気づいているのかもしれない。

そう思うと、手荷物の重みがどっと増した。心変わりは悲しいけれど、これだけは仕方ない。恋にルールや道理はない。はじき出された者は去るしかない。

昼を過ぎて、どんどん気温が上がっていく。すべてを漂白する勢いの真夏の光を日傘で遮《さえぎ》り、家に帰ったときは汗だくになっていた。鹿野くんはアトリエにいるようで、家の中はしんとしている。居間のエアコンをつけてから、シャワーを浴びにいった。

さっぱりして涼んでいると、おかえりと鹿野くんが居間に入ってきた。

「もう描かないの？」

「ああ、途中で千花ちゃんがきて気が散った」

「千花ちゃん？」

「無視したよ。どうせ俺は出られないし」

鹿野くんは畳に腰を下ろし、気持ちよさそうにエアコンの風を受けている。

「悪いことしたわね。くる前に連絡くれればよかったのに」

「そうしてくれると断れるから助かるね」

鹿野くんはあっさりと言った。黙っていてもほんのり笑っているような柔和な目元とは裏腹に、必要ないものはすぱりと斬《き》る人だから油断ならない。

「なにかうる波ちゃんに話があったのかもしれない。チャイムが鳴って十分くらいしてからかな。休憩に庭に出たら玄関の前にまだ立ってうちの庭を見てた」

「十分？　この暑い中？」

「待ってたというか、ぼうっと突っ立ってたというか。汗で前髪がべったりおでこに貼《は》りついてて、じーっと一点を見てるんだ」

「想像すると怖いんだけど」

「怖かったよ。だからすぐアトリエに避難した。なんだったんだろうね」

「……相談だったのかも」

わたしは薄めに作ったカルピスソーダを難しい顔で一口飲んだ。

「実はデパートで佐々くんに会った。女の子と一緒にジュエリーを見てた」

「浮気?」

「本気かも」

「へえ、どんな子?」

「髪は明るく染めてて、ショートパンツにウエッジソールのサンダルはいてた。千花ちゃんとは正反対のタイプかな。ぱっと人目を引く感じの派手な」

「だったら、まだわからないね」

「どういうこと?」

「千花ちゃんと正反対の子を選ぶってことは、選択の基準がその子じゃなくて千花ちゃんってことだろう。その子を好きになっていく過程で、ここが千花ちゃんと違う、ここも千花ちゃんと違うっていちいち比べたかもしれない。彼女を通して、佐々くんはずっと千花ちゃんを見ているのかもしれない。それはある意味、愛なんじゃないの?」

盲点を突かれたように感じた。

「すごい解釈ね。かなり歪《ゆが》んでる気もするけど」

「歪んでない愛情ってあるのかな」

なにげない問いに、またもや考えさせられた。少なくとも、今のわたしの鹿野くんへの愛情は歪んでいるだろう。それを直そうとも思っていない。

「自分はまっすぐ進んでるつもりでも、知らないうちに曲がってることもある。けど仕方ないよ。まっすぐな道なんてものがそもそもないんだから」

そうか。この暮らしを守るために、いつも強く自分を信じているけれど、心の奥底ではこれはおかしい、間違っているとわかっている。しかしもともとまっすぐな道はない、愛情自体、そもそも歪《いびつ》な形をしているのだと思えば気が楽だ。

「にしても暑いな」

鹿野くんが畳にごろりと寝転んだ。鹿野くんは実体がなくても冬は寒い、夏は暑いと文句を言うし、たまに風邪をひいたりお腹が痛いと言ったりもする。わたしはリモコンでエアコンの設定温度を二十五度まで下げた。鹿野くんが驚いてこちらを見る。

「どうしたの。いつも二十七度以下にしたら凍《こご》え死ぬって怒るのに」

「いいことを教えてくれたお礼」

わたしは居間に置いてある籠《かご》からもこもこソックスを取り出してはいた。

学校からの帰り道、スーパーに寄った。茄子、オクラ、トマト、今夜は夏野菜のカレーにしようか。お肉はどうしよう。素揚げをした茄子で充分コクが出るけれど、鹿野くんは肉のないカレー絶対反対派だ。豚と鶏《とり》とどっちにしようか悩んでいると、

「牛は？」

とふいに話しかけられた。振り向くと鹿野くんがいた。

「どうしてスーパーにいるの？」

「散歩してたら、うる波ちゃんが入ってくの見かけたから」

鹿野くんは家の中だけでなく、外だって自由に出歩く。以前、どこまで行けるのか試そうとひとりで電車に乗って遠出をしたこともある。

わたし以外には見えないのをいいことに、鹿野くんは堂々と無賃乗車をした。飛行機だって豪華客船だってただ乗りできる。どこでもドアを手に入れた気分で、一瞬、世界の果てを目指そうと思ったそうだ。けれど電車が一駅過ぎるごとに、鹿野くんは無性に家に帰りたくなったのだという。鹿野くんの旅はあっけなく終了した。

――うる波ちゃんのいるところが、俺にとっての世界の果てみたい。

帰ってきて一番に、玄関先で鹿野くんはすごい言葉を口にした。

「うる波ちゃん、牛は？」

もう一度、鹿野くんが聞いてくる。

「薄切りの牛肉は煮込むとぱさぱさになるから」

「その理屈でいくと鶏もぱさぱさになるんじゃない？」

「結果が同じなら、財布に優しいほうを選びたいと思います」

小声で言い、鶏肉を籠に入れた。鹿野くんはずっと後ろでモーモーと嫌味っぽく牛の鳴《な》き真似《まね》をしている。「往生際が悪いよ」と叱ると、「だから戻ってきたんだよ」と返された。思わず笑ってしまい、近くにいた人におかしな目で見られた。

強い意志を持ってこの暮らしを守っている割に、わたしと鹿野くんの日々は平凡極まりない。それでいい。二年前、仕事から帰ってきたら家の留守番電話が点滅していて、鹿野くんが事故に遭ったと警察からメッセージが入っていた。あんな天変地異に等しい知らせは二度と聞きたくないし、この先はもう平凡ばかりを積み上げていきたい。

「ちょっと待っててね。夕飯すぐ支度するから」

台所で買ってきたものを整理していると、留守番電話が点滅してるよと鹿野くんが教えにきてくれた。誰だろう。居間に行って電話の再生ボタンを押すと、『ご無沙汰しております、N大の舟木です』と年配の男性の声が流れ出した。

「舟木教授？」

大学卒業後も親しくしていた鹿野くんの恩師だ。今は佐々くんの担当教授でもあるけれど、家に電話をしてくるなんて初めてのことだった。

『突然ですが、佐々くんが亡くなりました』

瞬間、心臓を底から揺り動かされたように感じた。メッセージには佐々くんのお通夜と葬儀の知らせが入っていて、それではと静かに締めくくられた。

嫌な知らせはいつも突然だ。

足元を見ると、小さな黒点が生まれていた。それは落とし穴みたいにじわじわと広がっていき、今にもどこか深い場所に落ちてしまいそうになる。

十五歳の夏、突然、母親が恋人と家を出ていった。わたしを引き取ってくれた祖父母は優しかったけれど、その分、年々しぼんでいくばかりの二人を見ているのは正直つらいを通り越した恐怖だった。

わたしに無償の愛情を注いでくれる数少ない肉親。ずっとそばにいて、置いていかないでと祈っても年齢には勝てなかった。友達と遊び半分で行った占い館で、あなたは肉親の縁に薄いと言われた。その言葉は、呪《のろ》いのように心に突き刺さった。

鹿野くんも、わたしと似たような呪いをかけられた人だった。両親を早くに亡くし、親《しん》戚《せき》づきあいもほとんどない。わたしたちの結婚が早かったのは自然なことだった。この家で暮らすようになって、ようやく帰れる場所ができたと安堵《あんど》したけれど、結婚して二年ほどで鹿野くんまで連れていかれてしまった。

もう、あんな思いはしたくない。絶対に、二度としないのだと決めて生きていても、唐突に足元をすくわれる。スカートの布地を強くつかんで恐怖に耐えた。

「大丈夫。ここにいる」

スカートをにぎりしめるわたしの手に、鹿野くんが触れてきた。

男の人にしては細くて長い指。じんわりと伝わってくる体温。これほどはっきり感じているのに、実際にはわたしの手にはなにも触れていない。鹿野くんはわたしの髪の毛一筋すら持ち上げることはできない。それでも心は救われる。もうそれだけでいい。

気持ちが落ち着いてから、舟木教授に電話をした。

「ご無沙汰しております。鹿野です。葬儀のときはありがとうございました」

鹿野くんの恩師に対して、わたしの頭は自然と下がった。

『こんな知らせはしたくなかったけど、鹿野くんが面倒を見てた子だから』

「はい。佐々くんには研究室展でもお世話になりました」

『若いのにしっかりした子だったから、いろいろと僕も頼みやすかった。就活で忙しいだろうに研究室展も手伝ってくれて、つい一昨日も旅行のお土産を買ってきますと元気だったのに、まさかこんなことになるなんて』

「旅行先だったんですか？」

壁にかけたカレンダーを見ると、昨日は千花ちゃんの誕生日だった。タイムカプセルを埋めに長野に行くと言っていた。では佐々くんは千花ちゃんの目の前で――。

彼女はきっと生皮を剝《は》がされた人のようになっているだろう。どれだけそっと触れようと激痛を免《まぬが》れない。

『佐々くん、宿で急に具合が悪くなったらしくてね』

舟木教授の言葉に、えっと問い返した。てっきり事故だと思い込んでいた。二十歳そこそこの若さで、健康な男の子が急死なんていったいなにが起きたのだろう。

『旅館で食べたなにかに蕎麦が入っていたみたいなんだ』

「蕎麦？」

『佐々くん、子供のころから重度の蕎麦アレルギーだったんだよ』

それは知っているけれど――。

電話を切ったあと、わたしはしばらくぼんやりしていた。鹿野くんに声をかけられてようやく我に返り、どこか上の空で夕飯の支度に戻った。

カレー用にストックしている飴色《あめいろ》玉ねぎとブーケガルニをブイヨンに入れ、ルーを煮込んでいる横で、茄子やオクラを素揚げにしていく。ほとんどできあがったところで、炊飯器のスイッチを押し忘れていることに気がついた。

「大丈夫だよ、うる波ちゃん、いつものことじゃないか」

鹿野くんが傷口に塩を塗り込むようなフォローをしてくれる。確かにわたしのうっかりは今にはじまったことではない。けれど今回はそれとは違う。

わたしの頭の中には、鈍くて重い灰色の想像が渦を巻いている。

佐々くんの食事に関して、千花ちゃんは神経質なほどに気を遣っていた。中学生のころからつきあっていて対処にも慣れていただろう千花ちゃんが、旅先というもっとも神経を払うべきところでしくじるだろうか。

少し前なら、こんな馬鹿《ばか》なことは思いつきもしなかった。けれど佐々くんが千花ちゃん以外の女の子に心を移しかけていたことをわたしは知っている。そしておそらく、そのことに千花ちゃんも気づいていただろうことを。

「そんな悩まなくても、ご飯がないならパンを食べればいいよ」

鹿野くんがギロチンにかけられた王妃のようなことを言う。パンがないならケーキを食べればいいじゃない。有名な言葉だけれど、王妃がそんなことを言ったという史実はないらしい。いかにもそんなことを言いそうなイメージだから定着したのだろうけれど、憶測だけで話が拡大し、嘘が真実のように定着してしまうなんて怖いことだ。

——これ以上、考えないようにしよう。

胸の中に生まれた小さな疑いの芽をぷつんと摘《つ》み取った。

「そうね、今夜はパンにしようか」

気を取り直してパンボックスを開いたが空っぽで、わたしの肩は落ちた。


佐々くんのお葬式は、この夏一番の暑さの中で執《と》り行われた。参列者は当然大学生が多かった。葬儀会場には喪服でも覆《おお》い隠せない若さと夏の光が満ちていて、小鳥の囀《さえず》りのような噂話《うわさばなし》がわたしの耳にまで忍び込んでくる。

——佐々くん、長野で亡くなったんだって?

——千花ちゃんの誕生日に、一緒にタイムカプセル埋めにいったんだって。

——最悪のタイミングだな。

——彼女、大丈夫なのか?

旅館には事前にアレルギーがあることを伝えてあった。けれど佐々くんたちが泊まったのは大きなホテル旅館で、末端にまで連絡が行き届かなかった。サービスで出された和菓子に蕎麦粉が使われていて、直接の死因は、嘔吐《おうと》した際に吐いたものが喉《のど》に詰まっての窒息死だった。噂をまとめるとこんな感じだった。

——千花ちゃん、そのときなにしてたの?

——温泉に入ってたんだって。

——じゃあ、部屋に帰ったら佐々くんが死んでたってこと？

——わたしだったら耐えられない。一生引きずるよ。

あちこちで囁《ささや》かれる小鳥の囀りに、段々頭が痛くなってきた。

「帰る？　無理しないほうがいい」

うつむくわたしを、鹿野くんが覗き込んでくる。普段遠出はしないのに、今日は佐々くんを見送りたいからとついてきた。いつもと変わりない白のTシャツとチノパン。喪服の海の中で、普段通りの鹿野くんを見ると気分の悪さがマシになった。

「大丈夫、ありがとう」

焼香の時間になったので会場に入った。千花ちゃんは親族席に並んでいた。中学生のころからつきあっていて、佐々くんの両親からはお嫁さん同然だったのだから当然だ。メイクをする余裕もなく、顔は土色でずっとうつむいている。

ふいに焼香台の前で若い女の子がしゃがみ込み、会場がざわめいた。どうやら泣いているようで、係員に支えられて出口へと誘導されていった。

——誰？

——知らない。

囁き声の中、ちらりと見えた横顔に見覚えがあった。

ジュエリーショップで佐々くんと一緒にいた女の子だった。

親族席を見ると、千花ちゃんは気の毒そうな涙目で女の子を見ていた。佐々くんの心変わりを知っていたなら少しは疑う気もするが、千花ちゃんの目は悲しみだけに支配されている。萎《しお》れた花のような姿に、わたしはおかしな疑いを持ったことを恥じた。

焼香の順番が回ってきて、遺影の佐々くんに手を合わせた。あまりにも若い遺影は現実味がなくて、この男の子が死んだということが信じられない。一方で、二人の女の子を迷わせたまま逝ってしまったことへの歯がゆさもある。親族席の前を一礼で通り過ぎようとしたとき、うつむいていた千花ちゃんがふいに顔を上げた。

「うる波さん」

目の周りが青黒く落《お》ち窪《くぼ》んでいた。ここに立っているだけで精一杯なのがわかる。どんな言葉をかけていいのかわからないわたしに、千花ちゃんは言った。

「わたし、これからもずっと佐々くんと一緒です」

「……千花ちゃん」

「後悔なんて、絶対にしませんから」

隣に立つ佐々くんの母親だろう女性が嗚咽《おえつ》をこぼした。

健気《けなげ》、一途《いちず》、いろんな言いかたができるけれど、わたしは怖かった。血の気のない青ざめた顔とは裏腹に、千花ちゃんの目には一筋の揺らぎもない。煌《きら》びやかといってもいいくらいの強い光が宿っていて、真夏だというのに喪服の下で肌が粟立《あわだ》った。

佐々くんのお葬式から一ヶ月が経ったころ、千花ちゃんが突然訪ねてきた。ずいぶん痩せていて、以前のふっくらと満ち足りた印象とは面変《おもが》わりしていた。

「蟬、もう鳴いてませんね」

お茶の盆を手に居間に戻ると、千花ちゃんはぼんやりと庭を眺めていた。

「今年は暑かったけど、引くのも早くて助かったわ。夏はエアコンがないと過ごせないけど、エアコンつけると冷えるからいつも体調がおかしくなるのよ」

「わかります。夏でも靴下が手放せない」

「千花ちゃんも？」

「はい。いつも設定温度で佐々くんとバトルです」

そうそうとうなずき、わたしは安堵していた。体重は落ちたけれど、千花ちゃんは落ち着いている。お葬式のときに見たおかしな目の光もない。

「この間も佐々くんが麻婆豆腐《マーボどうふ》を食べたいって言うから作ったんですけど」

「この間？」

「食べながら暑いってどんどん温度下げていって、やめてって言ってるのにリモコンをポケットに隠して最後は二十二度です。信じられますか。凍え死にそうでした」

わたしは笑顔を保つために下腹に力を込めた。

「……佐々くんが？」

「わたしのは四川風で辛《から》いから、暑くなるのはわかるんですけど」

千花ちゃんは楽しそうに佐々くんの話を続ける。

結局、あんまり寒いので冬用のセーターを羽織《はお》ったとか、そのセーターは高校生のころに佐々くんがアルバイト代を注《つ》ぎ込《こ》んで買ってくれたカシミア製なのだとか、大事に使ってるんだなと佐々くんは嬉しそうだったとか、一言も発しないわたしを気にも留めず、早口で話し続ける。笑いながら機関銃を撃ちまくる壊れた人のようで、わたしは全身を穴だらけにされている気がした。

「そういえば、今日は鹿野さんはどちらです？」

「え？」

「いらっしゃるんでしょう。アトリエですか？」

わたしはまばたきをして、ちょっと散歩に出てるのと嘘をついた。鹿野くんは居間の壁にもたれ、ライターを弄《もてあそ》びながらわたしたちの話を聞いている。

「残念です。今なら佐々くんと話ができるかと思ったんですけど」

「佐々くんと？」

「ええ、今もわたしの横にいます。見えますか？」

問われ、わたしは視線を左右に散らした。

「ごめんなさい。見えない」

「そうですか。残念です。でもわたしにも鹿野さんは見えないし、そういうものなのかもしれませんね。自分がこうなって、初めてうる波さんの気持ちが理解できました」

千花ちゃんは唐突に眉をひそめた。

「わたしの隣に佐々くんがいるって、佐々くんは幽霊になって戻ってきたんだって、親や友達に言っても誰も信じてくれないんです。佐々くんのお母さんならわかってくれると思ったのに、あんまり思い詰めないで、あなたは若いんだから息子のことは早く忘れて幸せになってほしいって言われてびっくりしました。どうしてそんなこと言うんでしょう」

怒りに眉を寄せ、千花ちゃんはふいに声のトーンを落とした。

「うる波さんなら、信じてくれますよね？」

内緒話のように、座卓の向こうからわずかに身を乗り出してくる。

「わたしたち、一緒ですよね？」

怯えと背中合わせの媚《こ》びるような笑み。短時間でくるくると入れ替わる表情や声音についていけない。うなずかないわたしに、千花ちゃんの目に苛立《いらだ》ちが混じり出す。怖い。エアコンはつけていないのに、手や足先が冷たくなっていく。

「出ていけ」

鹿野くんがふいにつぶやいた。立ち上がり、こちらにやってくる。後ろから千花ちゃんの肩をつかむ。けれど鹿野くんの手は虚《むな》しく空を切る。

「あ」

ふいに千花ちゃんがつぶやいた。今度はなに。怯えるわたしを素通りで、千花ちゃんの目はわたしの背後の壁を見ている。つられて振り向き、わたしは飛び退《の》いた。やたら手足が長い蜘蛛が壁にいる。蜘蛛は素早い動きで畳に下りてきた。

固まっているわたしを尻目に、千花ちゃんは落ち着いた動作で手近にあったクーポン雑誌を丸めて蜘蛛を叩き潰《つぶ》した。すぱんと小気味いい音が響く。

「ティッシュ、もらえますか」

わたしは我に返り、急いでティッシュを箱ごと渡した。千花ちゃんはティッシュで蜘蛛を包んでゴミ箱に捨てた。よどみない動作を茫然《ぼうぜん》と見つめた。

「どうしたんですか？」

「……前に虫は嫌いだって言ってたから」

千花ちゃんは初めて気づいたかのような顔をした。

「本当ですね。でも前ほど怖くないんです。どうしてでしょう」

「もう助けてくれる人はいないってわかってるからだ」

千花ちゃんの背後で鹿野くんが言い、わたしはついそちらを見てしまった。千花ちゃんも振り返る。なにもない空間。けれど合点がいったようにうなずいた。

「鹿野さんがいるんですね」

わたしの返事を待たず、千花ちゃんは「お邪魔してます」と頭を下げた。見えないものに向かって微笑みかける。反射的に不快感が湧《わ》いた。ぎりぎりのところで成立しているわたしたちの暮らしを、なにかの共犯にするために利用しないでほしかった。

「ごめんなさい、千花ちゃん、わたしこれから用事があるから」

わたしは有無を言わさない調子で立ち上がった。いきなりだったので千花ちゃんは戸惑い、けれどすぐにそうですかとうなずいた。

「急にきてすみませんでした。今度から電話しますね」

玄関で靴をはきながら千花ちゃんが言う。

「また遊びにきます。あ、よかったら今度四人でどこかに行きませんか。わたしと佐々くんと、うる波さんと鹿野さんで。秋だしみかん狩りとか楽しいですよね。あ、栗拾《くりひろ》いもいいですね。栗ご飯を作ってみんなで」

「作らない」

「栗は嫌いですか？」

「好きよ。でも、もううちにこないで」

千花ちゃんの笑顔が固まった。

「どうしてですか?」

静かに見つめることで、わたしはわたしの決意を千花ちゃんに伝えた。千花ちゃんの顔色が少しずつ青ざめ、代わりに猛々《たけだけ》しい光が目に生まれる。

「……結局、うる波さんもですか」

千花ちゃんは溜息をついた。

「友達もわたしの親も、佐々くんのお母さんですら信じてくれませんでした。でもうる波さんだけは違うと思ってた。でも、うる波さんは嘘をついてたんですね」

わたしは黙って聞いていた。

「鹿野さんが戻ってきたなんて嘘なんでしょう?」

なにも言わないわたしに、千花ちゃんの目が鋭さを増していく。

「でも、わたしのは本当ですから」

強い目の光に、わたしはうなずいた。

「千花ちゃんがそう思うなら、それでいいと思う」

瞬間、千花ちゃんの目の光がマッチ棒の火みたいに揺れた。

「みんな、自分が見たい夢を見ればいいと思う。わたしはわたしの。千花ちゃんは千花ちゃんの。わたしはあなたの夢を否定しない。だから、わたしのことも放っておいて」

わたしと鹿野くんを、あなたの夢の共犯にしないで。

それであなたの夢を強化しようとしないで。

それが美しかろうが、醜《みにく》かろうが、夢はひとりで見るものだ。

自分の夢は自分の手でしか守れない。世界中から否定されるかもしれないし、誰にも信じてもらえないかもしれない。だから覚悟が必要なのだ。わたしたちが見る夢の板子一枚下は地獄だけれど、だからこそ死ぬほど幸せなのだ。

「元気でね。さようなら」

笑いかけると、千花ちゃんは捨て犬みたいな目をした。心細さが透けて見えて、ほんのわずか同情めいた気持ちが生まれたけれど、それじゃあと背中を向けた。

台所で夕飯の支度をしていると、鹿野くんが「お腹減った」と入ってきた。

「すぐできるから、もうちょっと待っててね」

「今日なに？」

「夏の名残《なごり》ということで、そうめん《素麺》と野菜の天ぷら。お茄子の田楽」

いいね、おいしそうと鹿野くんは食卓の椅子に腰を下ろした。かぼちゃ、ししとう、ズッキーニ、椎茸《しいたけ》、天ぷら用の野菜を切っていく。夕方の静かな台所に、包丁を使う音だけが響いている。鹿野くんは食卓に頬杖をついてこちらを見ている。

「さっきのうる波ちゃんは恰好《かっこう》よかった」

「そう？」

「蜘蛛見て動けなくなってる人と同一人物とは思えなかった」

「虫は別。怖いものは怖いんだもの」

「あの子はあっさり殺してたね」

「そうね」

「うる波ちゃんも殺せるようにがんばってみる？」

「無理よ」

簡単に答え、わたしは鹿野くんに向かい合った。

「だって、わたしには鹿野くんがいる」

だから、わたしは、虫を殺せるようにがんばる必要がない。

「でも今の俺は、もう虫を殺してあげることはできないよ？」

「それとこれとは別なの」

わたしには鹿野くんがいる。その認識だけが大事なことだ。

「でも、あの子にも佐々くんがいるんだろう？」

「それは、わたしにはわからない」

わたしにわかることは、わたしは千花ちゃんのように虫を殺せるようにはならないということだ。わたしと彼女は違う。彼女だけではなく、みんなそれぞれ違う。

みんなひとりで、それぞれ好き勝手な夢を見ている。常識人のような顔をして、ひっそりと非常識な夢を見ている人もいる。他人から見て幸せかそうでないかは関係ない。

千花ちゃんも、わたしも、みんな、自分が望む夢をまっとうできればいい。


次に千花ちゃんが訪ねてきたのは、翌年の秋も深まったころだった。去年の夏を最後にぷつりとこなくなったので、もう会うことはないだろうと思っていた。

「いったいどうしたの？」

なぜきたのかという意味ではなく、千花ちゃんの有様《ありさま》に対しての質問だった。髪が艶《つや》を失ってぱさついている。肌も若い女の子とは思えないほどかさつき、洋服もまだ夏の薄物に適当なパーカを羽織っている。派手さはないけれど、清潔感のある子だったのに。

「お願いします。話を聞いてください」

虚《うつ》ろな目で懇願《こんがん》され、どうぞ上がってと招き入れた。

「いいの？」

台所でお茶を用意するわたしに、鹿野くんが聞いてくる。

「よくないけど、様子がおかしいから」

お茶を持って居間に戻った。わたしは千花ちゃんの向かいに、鹿野くんはいつもの壁際ではなく隣に座ってくれた。そっと手を重ねてくれているのが心強い。

「なにかあったの？」

問うと、千花ちゃんは鞄から箱を二つ取り出してテーブルに置いた。長方形の箱には知らない町の名前が印刷されていて、ひとつには千花ちゃん、もうひとつには佐々くんの名前が入っている。最後の旅行で埋めたタイムカプセルだとわかった。

「一年の契約だったので、夏に引き取りにいったんです」

千花ちゃんが自分の名前が書かれた箱に手をかける。

なにが入っているんだろうと胸が騒ぐ。

箱の中には、マジックペンのようなものが入っていた。千花ちゃんがペンの先端を開けると、中からもう一本ペンが出てきた。外側はケースで、こちらが本体のようだ。黄色い紙にエピペンと書いてある。これはなんだろう。

「アナフィラキシーショックを抑えるための注射です」

「……それって」

「あの日、佐々くんが携帯していた常備薬です」

すうっと血の気が引いていった。

どうして佐々くんの常備薬がここにあるんだろう。

佐々くんが蕎麦アレルギーを起こしたとき、どうして佐々くんはこの薬を打たなかったのか。なぜ手元になかったのか。誰が佐々くんからこの薬を取り上げたのか。摘み取ったたはずの黒い芽は根が残っていて、土中で瞬く間に成長していく。

「きみが、佐々くんを殺したの？」

鹿野くんが問う。千花ちゃんには聞こえない。じっとエピペンを見つめている。

「あの旅行の少し前から、佐々くんとはすれ違い気味でした。他に気になる子ができたこと、佐々くんはわたしが気づいていることに気づいてませんでした。馬鹿ですよね。こんなに一緒にいるのに、隠しごとができると思われてることが悲しかったです」

言葉とは裏腹に、千花ちゃんはふっと笑った。

「佐々くんは別れたがっていて、わたしは別れたくなくて、お互い納得できる答えは出せそうにありませんでした。だからわたし、神さまに聞いてみることにしたんです」

あの日、千花ちゃんは佐々くんの荷物からエピペンを盗み、自治体が名付けた『記憶の森』という場所に行き、タイムカプセルに盗んだエピペンを入れた。

「でも、三角関係のもつれだとは思わないでくださいね」

千花ちゃんはまっすぐわたしを見た。

「わたし以上に佐々くんをわかっている女の子なんていません。アレルギーのことだって誰より理解している。なのにどうしてこうなるんだろう。これが本当に正しい道なのかどうか、試すための神聖な儀式のような心持ちだったんです」

「……神聖？　人の命を救うための薬を隠すことが？」

「はい。だからこそ、公平でないといけないと思ったんです」

旅館には事前にしつこいくらい蕎麦アレルギーのことを伝えた。出迎えてくれた女将《おかみ》さんに念を押し、部屋に案内されてからもお茶やお菓子はもちろん、蕎麦殻が使われていないか枕《まくら》までチェックした。八年もつきあってきて、そういうチェックはすでに千花ちゃんの身に備わったものだった。佐々くんを守るための——。

「夕飯もちゃんと確認してから乾杯しました。これが佐々くんとの最後の食事になるかもしれないのに、なんで乾杯なんかしてるのかなっておかしくなりましたけど」

千花ちゃんは思い出し笑いを浮かべた。

「夕飯のあと、佐々くんが話があるって切り出したんです。ちょっと引きました。ひどいですよね。なにも旅行の夜に別れ話をすることないのに」

千花ちゃんはその前に温泉に行ってくると言い、とりあえずその場を逃げ出した。時間をかけてお風呂に浸《つ》かり、落ち着こうと何度も自分に言い聞かせ、心の準備をして部屋に戻った。そうして畳に倒れている佐々くんを見つけた。

「神さまが答えを出したんだと思いました」

「神さま?」

わたしは思わず問い返した。

「そうとしか考えられません。だって……」

佐々くんは普段甘いものは食べないし、まさか部屋にサービスで置いてあるお菓子を食べるなんて千花ちゃんは思わなかった。それはくるみのクッキーだと事前に仲居さんから聞いていた。運の悪いことに勤めて間もない仲居さんで、まさか蕎麦粉が入っているとは知らなかったと警察の事情聴取で仲居さん自身が証言したらしい。

「わたしは注意を怠ったりしてません。自分にできる精一杯で佐々くんを危険から守っていました。なのにああなってしまった。あのときに限って、起きるはずのない事故が起きてしまったんです。もう、神さまが佐々くんを罰したとしか思えませんでした」

「……心変わりは、死んでお詫《わ》びしなくてはいけないほどの罪なの？」

問うと、千花ちゃんは痛ましそうに眉をひそめた。

「神さまがあんなに残酷だなんて知りませんでした」

うつむいて、信じたくないというように首を横に振る。

「事故のあと、神さまを恨んで毎日泣きました。それでも最後には、佐々くんはやっぱりわたしのものだったんだって納得するしかありませんでした。わたしたちは一緒にいるべきだったのに、佐々くんがそこから外れようとしたから、神さまが死をもって正しい方向に修正したんです。奇跡みたいな確率で起きた事故だったんです」

千花ちゃんは確信に満ちた輝く瞳《ひとみ》でエピペンを見つめる。

そうじゃないでしょう、あなたが薬を隠さなかったら佐々くんは死ななかった。

その罪悪感を神さまになすりつけているだけでしょう。

言葉が渦を巻くけれど――。

「あの子にも気の毒なことをしました。お葬式のときに倒れた子、あの子が佐々くんの心変わりの相手だったんです。お焼香の間中、あの子に声をかけてあげたくて仕方ありませんでした。あなたが悲しむことはない、あなたはなんの関係もないのよって言ってあげたかった。わたしと佐々くんを引き裂いたのは神さまなんだから」

千花ちゃんの言い分は、徹底して自分を守ることに終始していた。佐々くんが死んだのはわたしのせいじゃない。佐々くんと自分の間に割り込める人は誰もいない。

「だってその証拠に、佐々くんはあの子じゃなくてわたしのところに戻ってきた」

そう言い、千花ちゃんは自分の隣を見た。なにもない空間に向かって、ねえ佐々くんと笑いかける。それを見て、鹿野くんがぽつりとつぶやく。

「そこに佐々くんはいないよ」

千花ちゃんに鹿野くんの声は聞こえない。

たとえ聞こえたとしても彼女には届かない。

人は自分が見たいものをその目に映す生き物だ。

わたしも含めて、と自嘲《じちょう》気味に目を伏せた。

家に入れたことを後悔していると、でも、と千花ちゃんが顔を上げた。

「わたし、箱がもうひとつあることを忘れてたんです」

千花ちゃんがおそるおそる、佐々くんの名前が入っている箱に触れた。

「うる波さん、これは、どういうことなんでしょう」

問いながら、ゆっくり蓋《ふた》を持ち上げる。中には指輪が入っていた。中心のダイヤモンドを取り巻くピンクサファイヤ。千花ちゃんの理想のエンゲージリングだった。

「内側にN&Cって刻印が入ってます。直司《なおし》のNと千花のC」

それが恐ろしいものであるように、千花ちゃんは指輪を凝視する。

「日付も入っているんです。旅行当日の日付です。なにかの記念みたいに」

千花ちゃんが首をかしげる。

「これ、どういうことなんでしょう」

「わたしにはわからないわ」

「どうしてですか。ちゃんと考えてください」

泣きそうな顔で詰め寄られ、佐々くんと最後に会ったときのことを思い出した。

彼は迷っていると言い、けれど別れるとは言わなかった。あの日はとても暑くて、汗だくで家に帰ってからその話をしたら、鹿野くんは「まだわからないね」と言った。

千花ちゃんと反対の子を選ぶということは、佐々くんの選択の基準はまだ千花ちゃんであり、それはある意味、愛なんじゃないかと鹿野くんは言った。

佐々くんは、千花ちゃんとどうしようと思っていたんだろう。

佐々くんは夕食のあと、千花ちゃんになにを伝えようとしていたんだろう。

「限りなく低いけど、手切れ金という可能性も」

鹿野くんが身も蓋もないことを言った。長いおつきあいの最後に、約束していた指輪を贈って終わらせる。リアルなのかロマンなのか判別つかない。どちらにせよ、この状況なら手切れ金のほうが遥かに救われる。実はきみを愛していたんだと言われるよりは。

佐々くんの愛は潰《つい》えていなかったかもしれない。

夕食のあとの話は、やり直そうという言葉だったのかもしれない。

千花ちゃんは喪服ではなく、ウェディングドレスを着る未来を得たかもしれない。

けれどその答えは、千花ちゃんが自らの手で葬《ほうむ》ってしまった。

この指輪の意味を、千花ちゃんは永遠に問い続けるしかない。

教えて。教えて。あなたはわたしをどう思っていたの。

「神さまは容赦ないね」

鹿野くんの言葉に、わたしは溜息をつきたくなった。本当に神さまは容赦なく、罪を犯した者に罰をお与えになったのだ。けっして答えの出ない問いの前で、千花ちゃんはのたうちまわるだろう。けれどまだ、ほんのかすかな救いが残されている。

「うる波さん、わたし、どうしたらいいんでしょう」

現実的には、警察に相談に行きなさいと言うしかない。千花ちゃんのしたことがどんな罪になるのか、専門家に判断してもらうしかない。けれど彼女が聞きたいのはそんなことではない。心を救う方法だ。それをわたしは知っていた。

「今まで通りでいればいい」

「え？」

「千花ちゃん、お葬式でわたしに言ったでしょう」

──わたし、これからもずっと佐々くんと一緒です。

──後悔なんて、絶対にしませんから。

「あのとき誓った通り、後悔せず生きていけばいいのよ」

神さまなんて無視して、自分だけの夢の中で、今まで通り佐々くんと生きていけばいい。たとえば刑務所に入ることになっても、千花ちゃんの隣にはずっと佐々くんがついていてくれるだろう。覚悟して見る夢には、神さまだって手出しできない。

「……そんなこと」

千花ちゃんはぐにゃりと顔を歪めた。千花ちゃんの目に宿っていた暴力的なまでの光が急速に失われていく。どこまで続くのか、奥の見えない深い洞穴《ほらあな》みたいに真っ黒だ。

「……無理です。そんなの無理です」

力なく首を横に振り続ける。

「だって、わたし……」

千花ちゃん、その言葉を言っては駄目。

「わたし、佐々くんが……」

それ以上言ったら、夢から覚めてしまう。

「佐々くんが見えるなんて嘘なんです」

その瞬間、ぱちんとシャボンが弾《はじ》けるように彼女の夢は終わりを告げた。それが幸でも不幸でも、信じてさえいれば砂糖細工のお城にずっと住んでいられたのに。

千花ちゃんが泣いている間、わたしは冷めたお茶を下げ、熱い紅茶を淹れ直した。あらかじめ砂糖とミルクを多めに入れておいた。飲んでと勧めると、千花ちゃんは小さくしゃくりあげながら紅茶を飲み、甘いですと息を吐いた。

「急にきて、すみませんでした」

帰る千花ちゃんを玄関まで見送った。潤《うるお》いのない髪や肌、季節外れの夏服。そこに泣き腫《は》らして死んだ目が加わり、きたときより十も二十も年を取ったように見えた。

「ねえ、うる波さんも嘘をついてるんでしょう?」

弱々しい問いかけに、わたしは首をかしげた。

「本当は、鹿野さんの幽霊なんていないんでしょう?」

わずかな希望がにじむ目で縋られる。

そうねとうなずいてあげたくなるような必死さだった。

でも駄目だ。わたしはわたしのお城を守りぬかなくてはいけない。守るということは、他のものを見捨てる覚悟を持つことでもある。

「わたしには見えるし、鹿野くんはわたしのそばにいる」

まっすぐ見つめ返すと、千花ちゃんの目から最後の希望が消えた。

「……そうですか」

千花ちゃんはうなだれて背中を向ける。いつの間にか夜が近づいていて、出ていく千花ちゃんは、自ら掘り進めた深くて暗い穴の中に入っていく人のように見えた。

千花ちゃんを見送ったあと、自分の意思で守ったお城の中で、わたしはすぐには動けずにいた。わたしはわたしを守りながら、もうひとりのわたしを殺した気になっていた。わたしもいつか、あんなふうにここから追い出されるのだろうか。怖い。でもどこにもつかまるものはない。だって夢はひとりで見るものだ。わたしがそう言ったのだ。

「うる波ちゃん」

唐突に名前を呼ばれて、ゆっくりと隣を見た。

「ご飯にしようよ。お腹減った」

そこにはいつも通り、鹿野くんがいた。着古して色落ちしたシャツの襟が、鹿野くんの男の人にしては頼りない首筋をやわらかく包んでいる。わたしは鹿野くんが好きで、好きで、この世の理《ことわり》を踏み越えても、ずっと見ていたいのだ。どんなに心細くても。

波立った気持ちが静けさを取り戻し、わたしはそうだねとうなずいた。

「じゃあ簡単に作っちゃう。焼きそばでいい？」

「いいけど、ピーマンは入れないでほしい」

「ピーマンが駄目だと、玉ねぎくらいしかなかったような」

「それでいいよ」

鹿野くんはお気に入りを大事にし、気に入らないものを排除する。それがアンバランスであっても気にしない。それ変と指摘されてもマイペースを貫《つらぬ》く。

「具が玉ねぎだけって、わたしはちょっとさびしい」

台所へ行き、わたしは冷蔵庫から豚肉と麺、野菜籠から玉ねぎを取り出し、ピーマンはそのまま置いておく。鹿野くんが黙って親指を立てた。

鹿野くんは現実には食事をしない。

なのにあれが食べたいこれが食べたいと注文を出す。

わたしは玉ねぎと豚肉だけの焼きそばを二人分作り、二度続けてそれを食べる。もしくは鹿野くんの分だけを作り、わたしは前回鹿野くんが残したものを食べたりもする。

わたしはかわいそうだろうか。

正直、そんなことはどうでもいい。

それよりも、どこにでもいる普通の旦那さんと同じように、鹿野くんからささいなわがままを言われたい。どうでもいいような言い争いをしたり、笑ったり、そんなことを繰り返してずっと暮らしていきたい。わたしが望んでいるのは、たったそれだけだ。

とても平凡で、異常なわたしの夢。

「うる波ちゃん、ありがとう」

鹿野くんはお礼を言ってから、ごめんね、と続けた。

お礼も謝罪も受け取りたくないので、聞こえないふりをした。

なぜならわたしは、わたし自身の愛に殉じているだけなのだから。

マタ会オウネ

今年度に入って時間割りが変わり、水曜日が完全な休日になった。非常勤講師の仕事はコマ単位で、授業の数自体は減っていないのでお給料は変わらない。けれどももともとの土日に加えて水曜日も休みとなると、週に四日しか働かないことになる。

「もうすぐ夏休みだし、気分的に焦るのよね」

「長い休みの間は塾のバイトとかいろいろしてるだろ？」

「だから気分的に、なの」

「うる波ちゃんは貧乏性だね」

鹿野くんはおかしそうに言い、散歩コースにある塀の上を歩く野良猫にちょっかいを出す。真夏なのに毛皮を脱げないのは悲劇だと、のんきなことをつぶやいている。

「鹿野くんなら、どれだけ休みが増えても喜ぶんだろうね」

「その言いかただと、俺がすごく駄目男みたいに聞こえる」

いつものようにどうでもいい話をしていると、

「うる波ちゃん？」

と、ふいに塀の向こうから西島さんが顔を出した。

「西島さん、こんにちは。今日も暑いですね」

「本当、年々暑くなる一方ね。老人にはこたえるわ」

先日、古希を迎えた西島さんは潑剌《はつらつ》と笑った。上品な白髪に淡い藤色《ふじいろ》のブラウスが似合っていて、若いころはとんでもない美女だったことがうかがえる。わたしの横で、鹿野くんが「西島さん、こんにちは」と友好的な笑みを浮かべている。

うちの裏手に住んでいる西島夫妻は、わたしが鹿野くんと結婚した時期に重なって引っ越してきた、いわば町内会の同期だ。近所づきあいに限らず、◯◯づきあい全般をめんどくさがる鹿野くんが、西島夫妻とは珍しく親しく話をしていた。

——あの二人は昔話をしないから。

鹿野くんは昔話が好きじゃない。昔はやんちゃをしていたとか、ずいぶん異性を泣かせたとか、自虐のふりをした自慢だったり、逆にやたら湿っぽかったり、過剰な自意識が働くので一分で聞き飽きるらしい。

誰にも語られず、長い時間、密《ひそ》かに心の中にしまわれているもの。それがわずかな過失でこぼれる瞬間がもっとも美しいと鹿野くんは言う。それは絵を描くという行為に似ている。希望を持って色をのせ、気に入らず幾層にも塗り込め、削った下からふいに現れる予期せぬ美しさ。のたうちまわって探した挙句、ようやく姿を見せる作為のない美。

「なあに。また鹿野くんと話してたの？」

はいと答えると、いつも仲がいいわねと西島さんは笑顔でうなずいた。西島夫妻は好き嫌いの激しい鹿野くんの国境をいともたやすく突破し、なおかつ、わたしがひとりで歩きながらぶつぶつ言っていても、おかしな目で見ない稀有《けう》な人たちでもある。

あれは鹿野くんのお葬式から半年ほど経ったころだった。以前からいただきものやおかずのおすそ分けをしてくれていた西島さんだけれど、あの日も、釣りにいってきたのだと二人分の煮魚をわけてくれた。戸惑うわたしに、西島さんは言った。

——だって、いつも二人分買ってるじゃない。

鹿野くんが死んだあとも、わたしはスーパーで二人分の食材を買っていた。おかしな人だと思わないのかと問うと、どうしてと逆に問い返された。

——仏さまにお水や仏飯を上げるのと似たようなことでしょう?

つれあいに先立たれた妻、もしくは夫が、心の慰《なぐさ》めに故人の食事を作るという話は、自分たちの年代だとたまに聞くのだという。それにと西島さんは続けた。

——人を想《おも》う気持ちに、型やルールなんて必要ないわ。

好きなようにやればいいじゃないと微笑まれ、わたしは玄関先で思わず泣いてしまったのだ。西島さんは大丈夫、大丈夫とずっと優しく背中を叩いてくれた。

「うる波ちゃん、今日、平日なのに高校はどうしたの?」

「お休みなんです。今学期から時間割りが変わってしまって」

「平日にお休みは嬉しいわね。のんびりできて」

「でも休みが多すぎるのも落ち着かなくて」

西島さんはそうねえとうなずいたあと、「あ」となにか思いついた顔をした。

「だったらうる波ちゃん、家庭教師のアルバイトしない？」

「アルバイト？」

「知り合いのお宅の息子さんでね、小学四年生になるんだけど団体行動が苦手で、いろいろあって一年くらい前から学校に行かなくなっちゃったのよ」

「小四でですか。それはちょっと大変ですね」

最近は引きこもりも低年齢化してきているのだろうか。

「いじめとかがあったんですか？」

そういう子なら自分の手には負えない。美術の教員免許は持っているけれど、傷ついた子供の心をケアできるスキルはない。しかし西島さんはあっさり否定した。

「そういうんじゃないから安心して。そこのおうち、お父さんが大学の先生でロボット工学の分野で有名なかたでね、息子さんも小学校の授業にわざわざ出なくてもいいくらい賢い子なの。だから今は自宅で科目別に家庭教師をつけてるみたいなのよ」

「ああ、そういう事情ですか。でも、そんな子にわたしが教えてあげられることがあるのか、やっぱりちょっと自信がないです。もっと専門的な先生をつけたほうが」

「いいの。向こうが探してるのはうる波ちゃんみたいな先生なのよ」

「わたしみたい？」

「算数とか国語とかお勉強は飛び抜けてるんだけど、情緒面が未発達というかね。同年代の子の中にうまく溶けこめないみたいで、お友達はロボットだけなんですって」

「ロボット……ですか？」

「ロボット工学を専門にしてるお父さんからのプレゼントなんですって」

大学の研究室で試作品として開発された子供型ロボットのうちのひとつで、それだけが天才少年の友達であり、愛情の対象だという。同学年の子供を紹介してもほとんど興味を示さないのに、ロボット相手だとよく話す。

「勉強ができるのは素晴らしいことだけど、このままじゃ将来が心配だってお父さんとお母さんが話し合って、情操教育に力を入れることにしたんだって」

「それは確かにそうですね」

「だからね、優秀というより、ほわーんとした話しやすい先生がいいんですって」

これは褒《ほ》められていると思っていいんだろうか。判断に迷いつつも、ありがとうございますと言っておいた。どうかしらと西島さんが問いかけてくる。

「ここだけの話、お給料もいいのよ」

こそっと時給を耳打ちされ、にわかに心が動いた。正直、非常勤講師の給料だけではやっていけず、休日には自宅で子供向けの絵画教室もやっている。

「でも難しいお子さんなのは間違いないですよね。わたしに対応できるかどうか」

「そんな堅苦しく考えなくていいのよ。向こうは優しいお姉さんと一緒にお茶を飲んだりお菓子を食べたりしながらお絵描きをしてほしいってくらいのことなんだから」

西島さんに大丈夫と言われると、そうかなと思えてしまうのが不思議だ。面接代わりの挨拶《あいさつ》をいつにするか決めておくわねと言われ、はいとうなずいた。

「そうだ、うる波ちゃん、ちょっと待って」

西島さんが家に引き返し、すぐに和菓子屋の袋を手に戻ってきた。

「これ、すごくおいしい水羊羹《みずようかん》なのよ」

「ありがとうございます。あ、関西のお店なんですね」

紙袋の脇《わき》に兵庫県宝塚《たからづか》市と入っている。

「今は日本全国、どこからでも取り寄せができて便利よねえ」

ふと語尾がやわらかく上下した。たまに関西のイントネーションが混じるので、もともとは向こうの人なのかもしれない。紙袋には水羊羹が二つ。わたしと鹿野くんの分。

鹿野くんが亡くなって今年で三年目。

変わらない心遣いに、隣で鹿野くんがありがとうございますとお礼を言った。

帰ってから、鹿野くんと縁側で冷たい緑茶と一緒に水羊羹をいただいた。

「うわあ、すっごくおいしい」

スプーンの上で震えるほどのやわらかさで、舌にのせるとさらさらと溶けていく。甘さ控えめで小豆なのに軽い。冷たくて夏にぴったりのお菓子だ。

「器も涼しげでいいな」

鹿野くんは青竹の器を手のひらにのせて眺めている。

真夏の縁側に並んで、おいしいねえとスプーンを使う。もらったのは二つだけれど、お盆にはまだ水羊羹がひとつ残っている。鹿野くんが持っている幻の水羊羹と、現実の水羊羹。二つが同時に存在している不思議な空間にももう慣れた。

「うる波ちゃん、家庭教師のバイトするの?」

「気に入られたらね。もう挨拶にいく約束したし」

「でもうる波ちゃん、絵画教室なんてやってる割に子供苦手だよね?」

「子供というか、大きな声や音を立てるもの全般が苦手なの」

「それでよく高校の先生なんてやってるよ」

「ほんとね。まあ授業中は静かだから」

わたしは溜息をついた。

「とりあえずがんばってみる。時給もすごくいいし」

「甲斐性《かいしょう》がない旦那ですみません」

頭を下げられ、どういたしましてと返した。白の百日紅、濃いオレンジのノウゼンカズラ。あまり手入れの行き届いていない庭には夏の光が充満している。


その週の終わり、西島さんが書いてくれた地図を頼りに、新たなアルバイト先になるかもしれない仁礼《にれ》家を訪ねた。駅から十分ほどの住宅街の中、スクエア型のモダンな一軒家だった。淡い青色が涼しげなルリマツリが門に垂れ下がるように咲いている。

出迎えてくれた母親はおっとりした感じの人で、天才少年を生んだ教育ママのイメージからは程遠い。通されたリビングで、緊張しながら問題の二人に対面した。

「コンニチハ、秋《あき》デス」

「こんにちは、春《はる》です」

二人は無表情のまま、完璧に同じタイミングで頭を下げた。情緒が未発達と聞いて不安だったけれど、ちゃんと挨拶をしてくれたことに安堵した。表情はあまり豊かではなさそうだけれど、ふんわり張り出した紅色の頬は桃のように愛らしい。

「はじめまして、こんにちは。鹿野うる波です」

西島さんから「平等に兄弟扱いしないと息子さんが怒るのよ」と聞いていたので、まごつかずに二人に等分に視線と笑顔を注ぐことができた。

「いい感じ?」

「ウン、イイ感ジ」

二人、いや、ひとりと一体は顔を見合わせ、小声で相談しはじめた。

「どんな人か、もう少し話してみないとわからないけどね」

「ウン。ジャア、モウ少シ話シテミヨウカ」

「部屋に行く? それとも庭に出る?」

「ユックリ話ガデキルホウガイイ」

「じゃあ部屋だ」

器用に返事をするロボットを、わたしは驚愕《きょうがく》の思いで見つめた。

会話ができるスマートフォンがあることも、人と話ができるロボットがいることもテレビで見て知っている。けれど二人の会話はそれよりも遥かにスムーズだ。

驚きが去ると、じわじわとかわいらしいという感情が湧いてきた。ロボットと聞いて想像していた、たとえば鉄骨が直撃しても壊れない昔のアニメ風超合金、もしくは部品やコードがむき出しになったメタルの塊といった外見とはまったく違う。

つるんとした白黒のツートンボディは五、六歳の子供くらいの大きさで、小さな頭にバランスよく手足がついている。指があるので細かい作業もできるのかもしれない。表情は作れないが、大きな黒い瞳は話すリズムに合わせて淡い光が点滅する。その様子が親しみやすく、機械とは思えない愛嬌《あいきょう》のある印象になっている。

子供には余るサイズのソファで肩をくっつけ合い、小声で話す二人の姿に科学の進歩を見ながら、それがけっして受け入れがたい光景ではないことに胸を撫《な》で下《お》ろした。

「話だけじゃなくて、なにかしよう。絵を描くとか」

「イイネ。ソウシヨウ」

相談がまとまり、二人は隣に座る母親に言った。

「お母さん、うる波さんと絵を描いてもいい？」

「今日は駄目よ。挨拶だけの予定できていただいてるから」

「大丈夫です。夕方くらいまでなら」

すみませんと母親に頭を下げられ、わたしはいいえと微笑んだ。わたし自身が、この二人ともっと話してみたいという好奇心に駆られていた。

「うる波さん、ありがとう」

「アリガトウ」

春くんと秋くんが、やはり同じタイミングで頭を下げた。

完全に同期している二人は子供とロボットというより、表情の乏《とぼ》しさも相まってロボットが二体というほうがしっくりくる。とてもかわいらしいロボット二体。

「先生、僕たちの部屋に行こう」

「行コウ」

人間には当たり前の二足歩行が、ロボットには難しいことだと聞いたことがある。ものを安定させるためには重いものを下に置くべきで、なのに重い頭部をてっぺんに持ってきているという、人間はバランスの悪い身体を持っている。

「すごい。ちゃんと歩けるのね」

かすかな機械音と共に、よどみなく立ち上がるロボットを感嘆の目で見た。

「ウン、歩ケルヨ」

秋くんが簡単に答えたあと、

「歩けるけど、階段を上るのはたまに失敗する」

春くんが付け足して教えてくれた。

「そうなの？」

「上るのはいいんだけど、下りるときに落っこっちゃうときがある」

「へえ、下りのほうが難しいのね」

「動キノホトンドハ、重心トバランスノ問題ダカラ」

「言われてみれば、登山でも下りがきついって言うものね」

わたしがうなずくと、秋くんと春くんは顔を見合わせて審議に入った。

「秋くん、今のはどう思う？」

「登山ノ下リガキツイノハ、爪先ノ止メニ足ノ筋肉ヲヨリ酷使スルカラダネ。ロボットニ筋肉ハナイカラ、今ノタトエガ正シイカドウカ微妙ダト思ウ」

理路整然とした説明に、感心よりも焦りが募《つの》った。

「ご、ごめんなさい。知ったかぶりをしました」

大人として恥ずかしい気持ちで謝ると、二人は首を横に振った。

「間違いから学ぶことのほうが多いから大丈夫だよ」

「大丈夫ダヨ」

寛大に励まされてしまい、これではどちらが生徒かわからないと恐縮した。

案内された子供部屋は、うちの居間よりも広かった。天井の高さにまで作りつけられた本棚には、わたしが読んでもさっぱりだろう工学系の本がずらりと並び、小学生には立派すぎる机がある。けれど天井から吊《つ》るされた飛行機や燕《つばめ》のモビール、枕元に置かれた黄色い熊《くま》のぬいぐるみ、明るい空色のソファが子供の部屋だと教えてくれる。

母親が画用紙や絵の具などの画材を用意していってくれたので、じゃあ二人の好きなものをスケッチしてみようかと提案した。春くんと秋くんは顔を見合わせた。

「なにを描く？」

「ナニガイイ?」

「ぬいぐるみは?」

「ウン、ソレデイイ」

二人はうなずき合い、ベッドから熊のぬいぐるみを取ってきてテーブルに置いた。空色のソファに並んで腰を下ろし、画用紙の上で鉛筆を動かしはじめる。

最先端のロボットは絵まで描けるのかと驚いた。けれどよく考えれば精密機械の工場はロボットだらけなのだから、鉛筆を操ることも造作ないのか。

――そのうち芸術の分野でもロボットが活躍しはじめるのかしら。

芸術家は気難しい、という世間のイメージ。それはあながち間違ってはいない。日々コツコツと緻密な作業を積み上げる根気と、それらを一瞬で足蹴《あしげ》にできる感性。相反する才能がひとつの身体と脳の中に詰まっているのだから、頻繁《ひんぱん》にバグを起こす。

自分がこうと決めた場所にたどり着くまでの、狂おしいほどの内的闘争。ロボットならそんなプロセスを踏むことなく、一発で正解にたどり着けるのだろうか。

とはいえ、芸術の世界に正解はない。そもそもロボットに『こうと決めた場所』という概念があるんだろうか。それは心の領域になってしまう。ロボットに心はあるのか。感情があるのか。最後にはそんな疑問が湧き出てきてしまう。

そんな壮大な問題にする前に、わたし個人としては美術教師という職業がもうしばらくは人間担当であることを願ってしまう。人間はご飯を食べなくては死んでしまうし、ご飯を買うためにはお金を稼がなくてはいけない。リストラは困る。

経済的危機感に煽《あお》られ、おそるおそる二人のスケッチブックを覗き込むと、へろっとした線が無秩序にさまよっているだけだった。芸術に関してはまだまだ改善の余地があるようだ。ああよかった、当分はリストラされずにすみそうだ。

ほっと胸を撫で下ろしていると、

「また笑ってるね」

春くんがふいにこちらを見た。

「さっきからずっと、僕たちを見て笑ってるね？」

「あ、ごめんなさい。おかしな意味じゃないのよ。かわいいなあと思って」

わたしは後ろめたさから少し慌てた。

「わかってるよ。うる波さんは僕たちを受け入れてくれてる。僕たちのことを気味悪がる人のほうが多いから嬉しかった。ね、秋くん」

春くんにうながされ、秋くんも「ウン、嬉シカッタ」とうなずいた。

「人間は不思議だね。心の中では気味悪がっているのに、顔では笑う人が多いから最初は混乱した。でもたくさん見るうちに、少しずつわかってきた。そういう人は視線が安定しない。まばたきが多い。本当の気持ちを隠すためにたくさん褒めてくれる」

「オ母サンガ連レテキタ同ジ年ノ子タチトカ」

秋くんの言葉に、春くんは「あの子たちはもっとひどい」と言った。

大人の前ではいい子に振る舞っていても、自分たちだけになると、残酷な無邪気さでロボットにはできないことをやらせようとした。

「すごいねって言いながら、ロボットを自分たちよりも一段低いものとして、好き勝手にしようとした。でも本人たちは遊んであげてる感覚なんだ」

「最初カラ馬鹿ニスルヨリ、余計ニヒドイネ」

「でも、中にはそうじゃない人もいる。うる波さんもそうじゃないひとりだよ。僕と秋くんを見て笑った。あれはとても安定した笑いかただった。ね、秋くん？」

「ウン、チャント話ガデキソウナ感ジガシタ」

わたしは内心で息を呑《の》んでいた。完璧に会話のキャッチボールが成り立っていて、しかも大人顔負けの洞察力に富んでいる。表情に現れないからわかりにくいだけで、情緒面が未発達なんてとんでもない。逆に発達しすぎているせいで、同年代の子供の輪に入りづらいのだ。成熟した大人が子供に混じるようなものだ。

「どうして、みんな僕たちのこと駄目だって言うのかな」

春くんが画用紙にミミズのような線を引きながらつぶやいた。

「僕と秋くんは一番の仲良しなんだ。僕は秋くんがいたらそれでいいし、秋くんは僕がいたらそれでいいって言う。僕たちはすごく満足してる。なのにみんな、それじゃ駄目だって言う。ロボットと人間は同じじゃないからって」

「ウル波サン、人間ハ、ロボットヲ好キニナッテハイケナイノ？」

秋くんの問いに、わたしは答えることをためらった。

「お父さんとお母さんはどうおっしゃってるの？」

「難シイ質問ダッテ。答エルマデ、少シ時間ガホシイッテ言ワレタ」

子供の質問だと受け流さず、真剣に答えようとすればそうなるだろう。命あるものとないもの。種の違い。けれどそれが愛してはいけない理由になるのだろうか。

幽霊の夫を愛するわたしだけの実感だ。誰かに理解してもらおうとは思わないし、ましてけれど、それはわたしだけの実感だ。誰かに理解してもらおうとは思わないし、まして
や両親が大事に、慎重に見守っている子供に伝えていいことではない。

「わたしにはわからないから、自分たちで時間をかけて考えてほしい」

そう答えると、二人は目を見合わせてうなずいた。

「やっぱり、いいね」

「ウン、イイ」

「なにが？」

「ごめんね、うる波さん。僕たちうる波さんを試しました」

自分たちと友達になれるか、なれないか、最終判断がさっきの質問なのだと二人は教えてくれた。この質問に即答した人、または内容に拘《かかわ》らず、それを押しつけてくる人は信用しないのだという。なんという子たちだろう。わたしは笑ってしまった。

「そっか。無事に合格できてよかった」

テストと名のつくものは昔から苦手だった。わかっていることでも、試すよと言われた途端に緊張して、わかることもわからなくなるタイプだったから。

「秋くん、うる波さんとは友達になれそうだね」

「ウン。子供ノクセニ大人ヲ試スナンテ生意気ダッテ、怒ル人ガ多イノニネ」

うなずき合う二人を見ながら、この二人の試験に合格したことを嬉しく思った。命のあるなし。種の違い。常識や理屈を飛び越えて、当たり前のように同じ場所に並んでいる春くんと秋くんのコンビは、わたしをとても勇気づけてくれたのだ。

仁礼家から帰った夜、近所の神社でやる縁日に鹿野くんと出かけた。地元民だけが行く小さな縁日で、鹿野くんも子供のころからよくきたらしい。

「すごいな。今の人工知能ってそこまで発達してるんだ」

「わたしもびっくりした」

神社へと歩きながら、わたしは小声で春くんと秋くんの話をした。あまり堂々と話していると、ひとりでしゃべっている危ない人と思われるからだ。

「人嫌いの天才少年とロボットくんの組み合わせでしょう。話しかけても無視されたり、延々沈黙が続いたらどうしようって心配だったんだけど」

「心を開いた相手だったら話すんだろうね。でもそれは当然だ。理解が得られない相手に対してガードを固めるのは普通のことだし、特におかしいと思わないな」

「そうよね。わたしだって気が合わない人とは積極的に話したくない。大人だったら放っておいてもらえるけど、子供のうちはそれはまずいって言われるのは変かも」

「子供の心は明るく開かれているべき、っていう謎《なぞ》の呪いが世の中全体にかかってるんだよ。そこから外れた子は悲劇だな。俺も小学生のころ、人見知りの傾向あり、積極的にお友達を作れるよう親子の対話をしてくださいって通知表に書かれ続けたよ」

「ご両親と対話をしたの？」

「『自分が苦しくない程度に、適当にはいはいって聞いときなさい』って言われただけ」

「わたし鹿野くんのご両親が大好き」

「うちの親もうる波ちゃんを好きになったと思うよ」

わたしたちは小さく笑い合った。

「でも、その家は親がうまくバランスを取ると思うよ。そもそもお父さん自身がロボット工学の専門なんだから、頭ごなしの否定はできない。まあその分、お父さんの苦悩は深そうだけど。親心と自分のアイデンティティの板挟みだからなあ」

鹿野くんがおかしそうに言う。

「笑いごとじゃないの。あの子たち、質問のレベルも高いんだもん」

「どんな質問？」

「『本当の友達ってなに？』」

問われたままを口にすると、鹿野くんは黙り込んだ。

「前に学校の先生から『ロボットじゃない、本当のお友達を作ってほしい』って言われて、本当のお友達ってなんですかって問い返したんだって。先生は答えたんだけど、その都度矛盾や疑問点が湧いて、一問一答を繰り返していくうちに……」

「答えに詰まってしまった？」

「そう」

春くんと秋くんは、本当の友達とはなんだろうと考えている。

どうして自分たちが友達だと認めてもらえないのかを考えている。

そしてロボットと人間の違いはどこにあるのかと考えている。

大人がよかれと思って口にする言葉を、二人は発言者以上に深く潜《もぐ》って考える。それは春くんたちが、たったひとつのささやかな、けれど強い願いを持っているからだ。

「あの子たち、ただ一緒にいたいだけなのよ」

人間とかロボットだとかは関係ない。好きな友達と一緒にいたい。たかがそれだけの簡単な、二人にとっては難しい願い。二人の問いに、わたしはすべて「わからない」と答えるしかなかった。

——大人になっても、わからないことがたくさんあるんだね。

——ダッタラ、ドウシテ大人ニナルノカナ？

——お酒が飲めるからって、お父さんが言ってたよ。

——ソレハ冗談ダネ。

——もちろん冗談だよ。

春くんと秋くんは、のたのたとした線をスケッチブックに引きながら、ずっとくっついて内緒話をしていた。子供の心は明るく開かれているべき、という呪いにかかった大人からすれば問題がある光景だろう。けれどそんなものとは関係ない場所で、二人は友情を育《はぐく》んでいる。二人が親友であるという確かな事実の前では、「であるべき」という誰かの理想は意味を失くす。そんなことを話していると、鹿野くんがうーんとうなった。

「夢を壊すようだけど、それは多分データの積み重ねなんじゃないかな」

「データ？」

「スマートフォンの会話できるやつみたいなの。あれも話しかければかけるほどデータが増えて、精査されて、持ち主の好みに合う反応を返すようになる。パソコンだって学習機能がついてて、よく使う単語とか一発変換できるようになるだろう」

「じゃあ、二人が息ぴったりなのは当たり前ということ？」

「なんじゃない？　もともと対人間のプログラミングをされているんだろうし、実際にコミュニケーション取ることで、さらにその相手専用にカスタマイズされていく」

「……ふうん、そうなんだ」

　夢の国から追い出されたような気分だった。

「でも、ロボットを友達だと思う息子の心まで否定したんじゃないよ。相手がロボットだろうがぬいぐるみだろうが人間だろうが、好きだと思う気持ちに嘘も本当もないし」

　テンションの落ちたわたしに、鹿野くんがフォローを入れてくれる。

「うん、そうよね。そうであってほしい」

　でないと、わたしはわたし自身を否定しなくてはいけなくなる。今、隣にいる鹿野くんは本当の鹿野くんだろうか。わたしのさびしさが勝手に作り出した幻の鹿野くんではないだろうか。わたしのいいように動いて、笑って、そばにいてくれる都合のいい夢幻。

　黙って歩いていると、すうっと夜道を白いものが横切った。猫だ。鹿野くんがニャーと鳴き真似をする。聞こえないはずなのに、ふと猫は立ち止まった。しばらく不思議そうにこちらを見つめたあと、音もなくジャンプし、夜の闇《やみ》の中に消えていった。

「鹿野くんの声、聞こえたのかな?」

「かもしれない。猫ってよくなにもないところを見てるし」

きっと聞こえたのだと信じよう。わたし以外の人にはわからなくても、猫には鹿野くんが見える。声が聞こえる。鹿野くんはここにいる。わたしがそれを信じられなくなった瞬間、鹿野くんは本当に消えてしまうだろう。

「このまま科学がどんどん進んで、そのうちロボットと友達になったり恋人になったりするのが普通の時代がくるかもしれないな。進化なのか退化なのかわからないけど」

「少なくとも、春くんと秋くんにとっては生きやすい時代だと思う」

「まだ人間とつきあってるの? ださーいって笑われたりするのかな」

「人口が減るのはどうする?」

「そのころには、赤ちゃんを作って育てる巨大カプセルも開発されてるよ」

映画や漫画で見るような、羊水に代わる科学物質に満たされた大きなガラスケースの中に、チューブにつながれて丸まった胎児が浮かんでいる図を想像してしまった。愛の結晶といわれる赤ちゃんが、愛とは関係ない場所で生まれる未来。

「すごく選択の幅が広がりそうよね。ロボットを愛してもいいし、赤ちゃんはカプセルから生まれてもいいし、死んだ旦那さんと暮らすのも自由な科学の時代」

「最後のは、科学とはあんまり関係ないね」

鹿野くんが無情に言い切り、そんなことないわよと反論した。

以前、外国の降霊術の写真を見たことがある。霊媒師の口からモヤモヤした白いものが出ていた。エクトプラズムという霊体を物質化したものらしい。だから鹿野くんもそれになって、鹿野くんそっくりに作られたロボットの中に入ってほしい。

「入ってどうするの?」

「鹿野くんの意思で、内側からロボットを操るの」

「なんのために?」

「実体があるほうがいいでしょう?」

「幽霊だとやっぱり駄目?」

「そうじゃなくて、とりあえず実体があると防げることもあるから」

先日、若い女性が一軒家にひとり住まいなんて物騒《ぶっそう》だからと、叔母さんと町内会の会長から二連発でお見合いを勧められた。夫を防犯ベルか番犬とでも勘違いしているかのような勧めかただった。それはともかく、叔母さんのほうは三十代後半の初婚公務員だったけれど、会長から回ってきたのは五十代半《なか》ばで二人の子持ちのおじさんだった。

「いくらなんでも、あれはないと思うのよね」

「傷ついたんだね、うる波ちゃん」

「いきなり二十以上も年上なんて。しかもお腹が太鼓みたいに出てた」

「じゃあスマートで年下の初婚の二十代だったら?」

「そういう問題じゃないの」

「うる波ちゃんの好きな加瀬亮風《かせりょう》のイケメンだったら?」

「それは……………」

少し考えてしまった。

「よくわかったよ。そういう話がきたら俺は消えるから安心してほしい」

鹿野くんは悲しそうに「良縁を祈ってるよ」と合掌した。

「ちょっと待って。ほら、もう神社よ。縁日楽しみにしてたでしょう?」

慌てて神社を指差した。境内《けいだい》には金魚すくいや林檎飴《りんごあめ》の露店が出ていて、近所の小学生たちが群がっている。小さい規模ながら、そこそこにぎわっている。

「鹿野くん、お祭りの屋台好きだよね。なに食べたい?」

「お好み焼きとイカ焼きと、たこ焼きとたこ焼き」

「たこ焼き二つもいらないでしょう」

「……良縁を祈ってるよ」

鹿野くんが踵を返し、仕方ないのですべて買う羽目になった。鹿野くんは実際に食べるわけではないので、これはすべてわたしが食べることになる。それはいいとして、たこ焼きを二舟も買うなんてひどい。わたしがたこ焼きをあまり好きじゃないのを知っているくせに、絶対にさっきのことを根に持っている。鹿野くんはたまに子供っぽい。

「うる波ちゃん、お祭りなんだからそんなぶすっとしないで」

鹿野くんが今更ご機嫌を取ってくる。

「鹿野くんて、イメージでご飯を食べてるんでしょう？」

わたしはふくれっ面で問いかけた。

「よくわからないけど、多分」

「じゃあ、わざわざ買わなくてもイメージで買ったつもりになればいいんじゃないの？」

「それは違うと思う」

「どう違うの？」

「臨場感の問題だよ。それに買わないのに食べるって万引きみたいで嫌だ」

「電車やバスはよくただ乗りしてるじゃない」

「万引きとキセルもちょっと違う。キセルはかわいげがある」

「どっちも同じ犯罪です」

どうでもいいことを話していると、うる波ちゃん、と声をかけられた。

振り向くと、西島夫妻が立っていた。

「あ、こんばんは」

「こんばんは。ずいぶんたくさん買ったねえ。ひとりで食べきれる？」

白髪と優しい目元が印象的な旦那さんが、わたしが持っている大量の屋台ご飯を見て目を細める。きっと大食漢だと思われた。恥ずかしい思いをしていると、夫人が「鹿野くんの分よ」と言ってくれた。旦那さんが、ああ、そうかとうなずく。

「そういえば、鹿野くんはたこ焼きが好きだったな。特に縁日のたこ焼きが」

「そうそう。たこが入ってると当たったたって喜んでたわね」

「たこ焼きにたこが入ってなきゃおかしいのにな」

「のんびりした子だったわね」

からっと楽しそうに笑う西島夫妻を、鹿野くんも嬉しそうに見ている。

「そういえば今日、仁礼さんのところに行ってきたんでしょう。どうだった?」

「来週から教えることになりました。息子さんたちもすごくかわいらしくて」

すると夫妻の顔がぱっと明るくなった。

「よかった。やっぱりうる波ちゃんね」

「え?」

「今、息子さん『たち』って言ってくれたでしょう?」

「だからうる波ちゃんが適任だと僕が言っただろう」

得意そうな旦那さんに、はいはいと夫人がうなずく。なにげない二人の様子が、調和のとれた音楽のように感じられる。長年夫婦をしていると顔が似てくるというけれど、西島夫妻もそうだった。白髪や温和な目元がとても似ている。

わたしも、こんなふうに鹿野くんと年を取りたかった。


翌週の水曜日、わたしは仁礼家を訪ねた。春くんと秋くんに興味を持った鹿野くんがついていきたいとごねていたが、それは覗き見と同じですと断った。

春くんと秋くんは今日も空色のソファに二人並んで腰かけ、黄色い熊のぬいぐるみを描いている。スケッチブックには相変わらずミミズがのたくっている。

「うる波さん、質問していい？」

芯《しん》のやわらかい鉛筆を動かしながら春くんが言い、わたしはどうぞとうなずきつつ身構えた。先日の訪問で、この子たちの質問はレベルが高いとわかっている。

「ここに、ＡＢＣＤＥＦという六人がいます」

やっぱり美術とはまったく関係なさそうだった。

「ＡＢＣＤＥの五人の命を助ける代わりに、Ｆの命を捧《ささ》げよと言われたらどうする？」

「それはまた……難しい質問ね」

秋くんと春くんはじっとこちらを見つめている。

「この質問に答えられた人はいるの？」

わたしは少し迂回《うかい》してみた。

「いない。みんなうる波さんみたいに困ってた」

「ヒトリ、怒ッタ人モイタ」

「なんて？」

「子供ガソンナコトヲ考エルナンテ不健全ダッテ」

それはまた最低の反応だとあきれてしまった。

「本当に悪いんだけど、その質問、わたしは答えられそうにない。状況も、経緯も、どんな人たちなのかもわからないんじゃ答えの出しようがない」

「ああ、そうか。じゃあ状況はね――」

「あ、あ、ごめんなさい。状況や経緯がわかっても答えられません」

慌てて白旗を振ると、春くんと秋くんから「難しいこと聞いてごめんね」「ゴメンネ」と謝られてしまい、子供に気を遣わせた自分の不甲斐《ふがい》なさに少し落ち込んだ。

「大丈夫。ウル波サンノ専門ハ美術ナンダカラ」

さらに慰められてしまい、もう苦笑いを浮かべるしかない。

「さっきの質問、二人はどう思うの？」

問うと、秋くんは即座に「一ヨリ五ガ多イ」と答えた。人数が多いほうを助けるということか。春くんを見ると、なぜか困ったように首をかしげていた。

「……僕は、まだ考え中」

こんな自信なさげな春くんは初めてで、二人の意見が割れたのも初めてだった。


「それはまた難度の高い質問だ」

浴衣姿の人の波にもまれながら、鹿野くんがおかしそうに笑った。

今日は大きな花火大会を観に、電車に乗って隣町にやってきた。黄昏《たそがれ》の薔薇色が山の端にわずかに残っているだけで、河川敷《かせんじき》はじき夜に沈もうとしている。

「やっぱりそう思うわよね。でももっと驚いたのは、『どうしてそんな質問を思いついたの？』って聞いたら、『お父さんに聞かれたから』って返ってきたことよ」

「あー……、それはヘヴィすぎる親子関係かも」

「いくら早熟の天才児といっても、小学四年生の息子にする質問なのかな」

「ABCDEの五人の命を助ける代わりにFの命を捧げよ、か」

「捧げよって言われたらどうするか、よ」

「命の授業ってやつかな」

「学校で豚を飼って最後に食べるっていう授業がだいぶ前に話題になったわよね」

「あったね。意義はあると思うけど、俺が生徒だったら単純に泣くと思う」

「わたしも」

「でも生姜《しょうが》焼きになって出てきたら、おいしく食べると思う」

「わたしも」

命の尊さを学ぶとき、人間は残酷であるという事実が必ずついてくる。けれど仁礼家のお父さんが春くんと秋くんに突きつけた問題は、それらとはまた違う。その質問にどんな意味があるんだろう。正しい答えなんてそもそもないと思うのだけれど。

「そこが狙《ねら》いなのかもしれない」

鹿野くんがいつの間にか現れた一番星を見上げて言った。すっかり日が暮れた河川敷には、白熱球を吊り下げた屋台がびっしりと軒を連ねている。色とりどりの浴衣を着た若い女の子たちで、近所の小さな縁日とは違う華やかさが満ちている。

「狙いって?」

「人間には感情があるだろう。だから単純な数の論理で片づけられないことにも、ロボットなら迷わず答えを出す。機械は効率を最優先するものだし」

わたしは納得しかねる気持ちで、鹿野くんと同じ一番星を見上げた。

「工業機械なんかはそうだろうけど、人工知能って対人スキルみたいにデータを積み重ねて成長していくんでしょう。それでも効率が最優先なの?」

問うと、鹿野くんは自分の頭の中を整理するように眉を寄せた。

「ちょっと質問から逸《そ》れるけど、人間が人間である条件のひとつに無駄なことをするってのがあるんだよ。わかっててもそうできない非合理性。たとえば愛って感情とか」

すごくわかりやすく、身につまされるたとえだった。

「じゃあ機械の条件が合理性にあるかと言うと、それはちょっと違う」

機械の条件は『正しく動く』こと。この正しくは善悪ではなく、製作者がプログラミングした通りに動くということであり、自動で動く掃除ロボットの先端にペンキのついた雑《ぞう》巾《きん》をぶら下げておけば、機械はプログラミング通り正しく部屋を掃除しながら、部屋を延々汚していくという非合理的な動きをする。

「つまり、ロボットの行動はすべて製作者の意図次第ってこと。だから最初にどういうプログラミングをされたかで、そのロボットの答えも変わる。もちろん人命を守るっていう基本的なプログラミングはされてるだろうけど、その先ね」

「春くんはわからないって答えて、秋くんは数を優先したわ」

「じゃあ、その子は効率を優先するようプログラミングされたんだよ。一より五だ」

「え?」

「誤解しないで。冷酷っていうんじゃなくてさ、いざというとき、より多くの人命を優先するっていうのはレスキューの基本だから。災害が起きたとき、怪我《けが》の具合で患者の治療優先度を選別するトリアージと似たようなものというか」

「え、でも、それだとおかしくない？」

「うん、人道的な考えとはまた別だよ」

そういうことじゃなくて——という前に鹿野くんが言葉を続ける。

「機械はプログラミングに沿って答えを出すけど、人間は延々と迷い続ける。悩むこと自体が機械と人間の違いを証明する。つまり自分たちは根本のところで違う、別の種族だって息子に理解させること。お父さんの意図はそこにあるんじゃない？」

違和感がどんどんふくらんでいく。

鹿野くんはなにか勘違いをしているんじゃないだろうか。

「でも、そこまでして二人を離す必要があるのかな。うる波ちゃんから聞く限り、春くんの情緒面にそこまで深刻な問題はない気がするんだけど」

「え？」

問い返したとき、周りでお祭りとは異なるざわめきが生まれた。

「ちょっと見て見てー、あれ、ロボット？」

「浴衣着てる。かわいい。すごーい、二本足で歩いてる」

周りの視線を追うと、春くんと秋くんの姿が目に入った。後ろにお父さんとお母さんの姿も見える。二人はお揃《そろ》いの浴衣を着ていた。

「まさか、春秋コンビ？」

鹿野くんに問われ、うなずいた。

「おーい、秋くーん、春くーん」

いきなり鹿野くんが二人に向かって大きく手を振った。一瞬焦ったが、わたし以外には鹿野くんの声も聞こえないし姿も見えないのだった。鹿野くんもわかっているだろうに、よっぽど二人に興味があるようだ。仕方ないので、わたしが二人に声をかけた。

「秋くーん、春くーん」

すると二人がこちらを向いた。うる波さーんと手を振ってくれる。秋くんはかき氷を作ってもらっている最中で、春くんだけが先にこちらにやってきた。

「うる波さん、こんばんは」

礼儀正しく挨拶をする春くんを、鹿野くんが興味深そうにしげしげと見ている。

「こんばんは。二人ともお揃いの浴衣なのね。すごく恰好いい」

「久しぶりの家族みんなでお出かけだからって、お母さんが着せてくれたんだよ。こんな近くで花火を見るのは初めてだから、すごく楽しみ」

「ここの花火大会はフィナーレがすごいのよ」

夜空一面が光で埋め尽くされる光景が圧巻なのだ。

「うる波さんはひとりできたの?」

春くんがわたしの周りを見回す。

「僕たちと一緒に見る？」

優しい春くんに、わたしは目を細めた。

「ありがとう。でも大丈夫よ。ひとりじゃないから」

そのとき、ぽんっとポップコーンが破裂するような軽い音が響いた。なんだろうと見ると、山盛りのかき氷をこぼさないよう、そろそろとこちらに歩いてくる秋くんの背後、ずらりと並ぶ屋台のあたりで、小さな火花のようなものが上がっていた。

なにかのアトラクションだろうか。首をかしげたと同時だった。

春くんがいきなり秋くんのほうへと駆け出した。

少し遅れて、大きな爆発音が響いた。一瞬の出来事だった。大きな炎の塊が生まれ、そこから飛び散った火花が目の前をかすめていく。思わず目を閉じ、開けたときにはあちこちに人が倒れ、座り込み、泣き声や悲鳴が上がっていた。

「……な、なに？」

「わからない。とにかく離れて」

茫然とするわたしに鹿野くんが声をかける。

「秋仁《あきひと》！　秋仁！」

あちこちで上がる悲鳴に混じって、その声が聞こえた。地面に倒れている秋くんをお母さんが抱き起こしている。水色の浴衣のあちこちが激しく焦《こ》げている。

「……あっちが秋くん？」

鹿野くんの驚いた顔に、さっきからの違和感がはっきりした。

屋台のガスボンベに引火したことが事故の原因だった。花火大会は中止になり、すごい混雑の中で電車を乗り継ぎ、家に帰ったときはどろどろに疲れていた。

「……よく考えたら、うる波ちゃんはどっちがどっちだって言ってなかったね」

縁側に腰を下ろし、まずは冷えた麦茶で一服した。

「そうだったかも」

「話だけ聞いてると、それほど春くんの情緒に問題があると俺は思えなかった。成長していけば、自然と周囲に目が向くんじゃないかなって。だから、どうして親や周りがそれほど秋くんと春くんを離そうとするのか、いまいち謎だったんだけど」

まさか春くんがロボットだったとは思わなかった、と鹿野くんは宙を見上げた。

そうなのだ。春くんと秋くんでは、見た目以外、春くんのほうが圧倒的に人間らしかった。よどみなく紡がれる言葉の中には、春くんの考えがはっきりと入っていた。

「思い込みって怖いな」

鹿野くんがつぶやき、でも……と続けた。

「春くんのあの行動は、ロボットとしてどうなんだろう」

鹿野くんは縁側から暗い夜の庭を見た。

あのあと、秋くんは幸いにも意識を取り戻した。奇跡的な光景だった。秋くんがいたのは爆発の際の火柱が直撃した場所で、衣服が黒く焼け焦げて地面に倒れている人や、浴衣に火がついた人への必死の消火作業が続いていた。

「秋くんが軽傷ですんだのは、春くんのおかげだよ」

大きな爆発が起きたとき、秋くんを火柱からかばう春くんの姿を鹿野くんは見た。秋くんの上に覆いかぶさり、高温の炎から秋くんを守った。それだけなら疑問はない。人命を守るという基本的なプログラミングを、春くんは正しく実行した。

けれど春くんは秋くんに駆け寄る際、近くにいた子たちを突き飛ばした。突き飛ばされた子たちは尻餅をつき、炎から逃げることもできず火傷《やけど》を負って泣いていた。そして春くん自身も真っ黒に焦げて、地面に倒れたまま動かなかった。

――春クン、春クン、嫌ダ！　春クンモ一緒ニ連レテイッテ！

救急隊員に運ばれていくとき、黒焦げのまま置き去りにされる春くんに、秋くんは必死で手を伸ばしていた。煤《すす》で汚れた顔が涙でぐちゃぐちゃになっていた。

「……あんな必死な秋くん、初めて見た」

秋くんは表情に乏しく、話しかたもぎこちなかった。対する春くんが機械とは思えないほど滑《なめ》らかに話すので、余計にたどたどしく聞こえるというのもあった。会話も春くんがリードすることが多く、直接接していたわたしですら、人間とロボットの定義が曖昧になっていくのを感じていた。だから両親はこのままではいけないと危惧《きぐ》したのだ。

「あの質問の答えも、理屈から考えるとあべこべだったんだね」

五人の命とひとりの命、どちらを優先するか。より多くの人命を優先せよとプログラミングされていただろう春くんは考え中と言い、感情がある人間の秋くんがなんの躊躇《ちゅうちょ》もなく数字を優先すると言った。これはいったいどういうことだろう。

組み込まれたプログラミングに反した春くんの行動。

人間が人間である条件が非合理性だとしたら、春くんの行動はまさしくそれだった。周りの幾人かを突き飛ばしてでも、春くんは秋くんひとりをかばった。人間でいえば、理性ではなく感情で動いたということだ。

そんな馬鹿なと笑われそうなことが起きたのだ。

「あ、でも、最初からそうプログラミングされてたとしたら？」

開発者である秋くんのお父さんが、誰よりも最優先に秋くんを守るよう春くんを作ったのだとしたら矛盾は解消される。鹿野くんはどうかなと首をかしげた。

「そんなこと、大学職員のお父さんの立場でできるのかな」

秋くんのお父さんは、大学の研究の一環として春くんを作った。製作過程で当然多くの研究員が関わっただろう。そんな中で、いざというときは他の子を犠牲にしてでもうちの子を最優先で守る、などという利己主義的なプログラミングをできるだろうか、と鹿野くんは眉根を寄せた。


「できるできない以前に、真っ当な研究者だったらしないと思うんだけど」

「……そうね。言われてみればそうかも」

ぼんやり考えていると、ふと鹿野くんがつぶやいた。

「火傷してる」

焦げている浴衣の袖《そで》を指され、手首の内側に赤い痕《あと》が浮いていることに気づいた。途端にひりひりし出すのが不思議だった。システムとしての痛感神経すら、自覚という曖昧なものに支配されていると思い知る。

「冷やしたほうがいい」

「もう遅いよ。これくらい平気」

笑ったけれど、鹿野くんは笑わなかった。

「さっき、うる波ちゃんが言ったことに賛成するよ」

「なに?」

「エクトプラズムになって、俺に似たロボットの中に入って俺の意思で動かしたい。身体があったら、春くんみたいにうる波ちゃんを守ってあげられたのに」

「……鹿野くん」

「機械でもいいから、身体がほしいよ」

鹿野くんは赤い痕がついたわたしの手首を見つめた。

身体なんていらないと、わたしは嘘をついてあげられなかった。

わたしも鹿野くんに身体があればと願っている。

無神経なお見合い話が回ってこないよう、人がたくさんいるところでも普通におしゃべりができるよう、花火大会に行って「ひとり？」と問われないよう、わたしは鹿野くんの手で、あらゆるものから守られたい。

「鹿野くん、たこ焼き食べようか？」

これ以上考えたくなくて、小さく笑って鹿野くんを見た。

「たこ焼きは買ってないよ」

「こないだの縁日で買ったのが冷凍庫にあるから」

「チンのたこ焼きはおいしくない」

「贅沢《ぜいたく》言わないの」

鹿野くんは少し考えたあと、小さくうなずいた。

「そうだね。今あるもので充分だ」

そう。そうだ。わたしたちは今に満足している。それがどれだけ悲しい現実でも、悲しいと認めなければ、なにほどのこともない。

事故から一ヶ月後の水曜日、わたしは黄色い熊のキーホルダーを二つお見舞いに用意して仁礼家を訪ねた。けれどキーホルダーのひとつは無駄になった。

「夫がハルの機能を停止させたんです」

秋くんを守るために春くんが他の子を突き飛ばし、結果として突き飛ばされた子が怪我を負ったという事実に、開発者であるお父さんはAIの暴走を危惧したのだという。鹿野くんが言ったように、人命を守るというプログラミングはしてあるけれど、秋くんを最優先で守るなどというプログラミングはしていなかった。

「わたしも実は冗談で頼んだことがあったんですけど、それは開発者の資質に関わる問題だって怒られてしまいました。言われてみれば納得でした」

人工知能の開発は人類の未来と切り離せない分野であり、だからこそ開発には最新の注意が払われるのだという。開発者の個人的な価値観や思想を組み込むことは許されず、将来高度な知能を持つロボットを個人が所有する時代がきたとしても、初期プログラミングだけはいじれないようガードする。アメリカの最先端の研究所では、万が一人工知能が暴走したときのための自動停止プログラムを開発しているらしい。

暴走という言葉を聞いて、少し考えてしまった。

いざというとき、誰よりもまず一番に我が子を守る。人間の親ならごく当たり前の行為を、ロボットがすると暴走と定義される。ロボットのプログラミングに当たるものが人間の道義心だとするなら、命は平等に助けるべきとなる。わかっているのに、そうできない感情という名の非合理性。自分たちには許すことを人工知能には許さない。命に近いものを作りながら、自分たちと同じ権利は与えない。都合よくのみ使おうとする。

それは奴隷とどう違うのだろう。

わたしたちは、それほど偉い生き物なのだろうか。

「秋が泣いてお願いしたんですけど、これだけは夫も譲らなくて……」

どうか話を聞いてやってくださいと言われ、秋くんの部屋へ行った。

お母さんから聞いた通り、機能を停止された春くんは子供部屋の椅子に静かに置かれていた。炎で溶けた樹脂プラスチックのボディの下から機械の塊が見えている。以前からロボットだったのに、今の春くんは本当のロボットになってしまったように感じた。

秋くんはいつも二人で座っていた空色のソファにひとりで座っている。春くんはいないのに、右側を空けて座っているのが痛々しい。親友を失った秋くんの気持ちを思うと、大人であるはずの自分の中になんの力もないことを思い知る。

「秋くん、久しぶり。身体の具合はどう？」

声をかけると、秋くんは伏せていた目を上げた。

「今日はなにをしようか。絵を描いてもいいし、なにもしなくてもいいよ」

秋くんは考えるように、椅子に座ったまま動かない春くんを見つめた。

「うる波さん」

はっとした。「ウル波サン」ではなく、「うる波さん」。

いつものたどたどしい話しかたではない。

「ABCDEの五人の命を助ケル代わりニ、Fの命を捧げよと言ワレタラどうすル?」

前にも聞かれた質問だった。そして以前と完全に話しかたが変わったわけではないこともわかった。長いセンテンスを話すと、ところどころぎこちなくなる。

「僕、その答えガ出たンダ」

「秋くんはもう答えを出してたんじゃないの?」

問うと、うん、と秋くんはうなずいた。

「一より五が多い。両方大事なら、数が多イほうを優先スルのハ当たり前ナノニ、どうしてみんな答えられナイノカ不思議だった。賢い春くんまで『考え中』なんて」

秋くんはじっと春くんを見つめたまま話す。

「花火大会のあと、お父サンガ春くんの機能を停止させた。やめてって泣いてお願いしたのに駄目だった。いつもスゴク優しいのに、あんな怖いお父さん初めて見た。春クンハ僕を助けてクレタのに、それガいけないコトだってお父さんは言う」

「秋くん、それは——」

「わカってるよ。春クンはプログラミング通りに動かナカッタんだ。それも一番狂っちゃいけないところが狂っちゃったんだ。それは駄目なんだ。ロボットだから……」

秋くんはふいにうなだれ、半ズボンの膝に視線を落とした。

「わかってるケド、僕、ご飯が食ベラレナクなった。お風呂に入ったり服を着替エルことも面倒になった。どうしてゴ飯を食ベタリ、お風呂に入ラナクチャいけないんだろうって、どうして今までそういうことを普通にできタンダロウって、僕、わかラナクなった」

「……うん。秋くんの言いたいことわかるよ」

すると秋くんが顔を上げた。

「本当にワカるの？」

わずかに怒りのこもった問いかただった。

わたしは、多分とうなずいた。

「わたしの旦那さん、三年前に事故で死んだの」

そう言うと、空気が抜けるように秋くんの表情がしぼんだ。

「だから秋くんの気持ちは、全部とは言わないけど、わかる部分がある。わたしは鹿野くんが死んだあと、朝、起きた瞬間に殺されたように感じてた」

秋くんの表情がどんどんゆるみ、目に涙の薄い膜が張っていく。

「……うん。目が覚メルトと、どうして起キチャッタンダろうって不思議にナル」

「一生わかりたくない気持ちよね」

秋くんは目元をこすり、こくりとうなずいた。

「でもお父さんが、新しい春くんを作ロウカッテ言ってクレタんだ」

「え？」

それはどうなんだろうと思った。

「いらないッテ答えたよ」

秋くんは立ち上がり、春くんのそばに歩いていった。

「本当ハ少シ迷ったんだ。僕は春くんガ大好きで、すごく春くんと話シタクテ、だからうんって言イカケた。でも、やっぱり、それは、春クンジャナインダ」

秋くんは床にひざまずき、椅子に座って動かない春くんを見上げた。

「僕の好きな春クンは、この春クンで、誰も代ワリニはなれないんだよ」

小学生には重すぎる悲しみに埋め尽くされた横顔に、わたしはなにも言ってあげられなかった。

誰かが代わりになれるなら、これほどまで胸は痛まない。

「だから五人の命とひとりの命と、どっちを優先スルカって質問に意味はないってわカッタんだ。引き換えにするFが春クンなら、僕は百人ガ相手でも譲らない。春クンが僕を守ッテクレタみたいに、僕も絶対に春クンを守る」

秋くんは、熱で変形した春くんの手にそっと自分の手を重ねた。

「でも、お医者さんはそう思わナカッタみたいだ」

「お医者さん?」

「ご飯を食べラレルように、ヨク眠れるように、話をスルお医者さん」

事故の怪我だけじゃない、強いショックを受けると心にも傷が残る。秋くんに将来PTSDの症状が出ないよう、両親が心配していることがうかがえた。

「間違ってるって言われたの?」

「ううん。お医者さんは怒ラナイし、僕がなにを言っても駄目って言わない。でも『引き換えにするFが春クンなら、僕は百人ガ相手でも譲らない』って言ったとき、僕をジット見た。コノ子は大丈夫カナって心配スル目だった。ワカルんだ。今まで春くんと仲良クスる僕を、そういう目で見る大人はタクサンいたから」

秋くんは春くんに「ね?」と問いかけた。

「お医者サンは優しく聞いてキタよ。『春くんに突き飛ばサレタ子は火傷をしたケド、そのコトについてどう思う?』って。僕はちょっと嫌な気分になった」

確かに、それは脅しみたいに聞こえた。

「秋くんはどう答えたの？」

「ソノ二つは関係ない、別々の問題だって答えた。春くんは僕が大事だカラそうしたんだ。大事なものを守るには『カクゴ』が必要だってダケで、春クンはわざとその子たちを傷つけようとしたんじゃない。お医者サンはそうだねって言いながら困ってた」

わたしはその状況を想像して笑いたいような、医者に同情したいような妙な気分になった。秋くんは、人間の持つ抗《あらが》いようのない身勝手さを冷静に見つめている。それを否定することは、ほぼすべての愛を否定することになる。

「お医者さんに言われたのはそれだけ？」

「ううん。『難しい問題だね。誰かの愛と愛がブツカッテ争いが生まれる。それがもっと大キクなると戦争が起キルんだね』って言ってた。お説教じゃナクテ、そういうこともあるねって感じで話してた。お医者サンの話は頭ではワカルけど、これ以上話してもヘイコウセンだと思ったから、そうかーって考えるふりをしておいた」

それはそれでひとつの手だと思う。悲しいかな、世の中にはどうがんばってもわかり合えない事柄がたくさんある。無駄な努力で傷つけ合うより、撤退することで医者のいう戦争も回避できるだろう。一抜けたは卑怯《ひきょう》でも逃げなんでもない。

「でも本当は言いたカッタ」

秋くんは、焦げてあちこち溶けている春くんの頬に手を当てた。

「たとえ戦争が起キタって、僕は、他の子と春クンを同じようには愛セナイ」

きっぱりと言い切った幼い横顔に、わたしは心からの同意を寄せた。

その通りだ。わたしだって、そのあたりを歩いている人を鹿野くんと同じようには愛せない。みんなそう。誰かを愛することは、それだけで不平等を生むものなのだ。

「うる波サン」

「なに？」

「お父サンにも言ってないコトを、話シてもいい？」

それは内緒だよの別の言いかたで、わたしは聞かせてと答えた。

「本当は、少し前カラ春クンは変だったんだ」

わたしは首をかしげた。

「お父さんにABCDEの質問をサレタときカラだよ。僕がひとりより五人が多いって答えたとき、お父さんは悲しい顔をした。ガッカリさせたんだなってワカッタけど、でもあのときの僕にはその答えシカ出せなカッタ。一より五が多いコトは事実だカラ」

そのとき、春くんも同じ答えを出し、けれど部屋に帰ったあと言ったのだという。

――どうしよう。僕、お父さんに嘘をついた。

「ビックリしたよ。春クンが嘘をつけるって僕は知らなカッタ」

春くん自身も知らなかったのだという。

——僕は、本当は、お父さんの質問がわからなかったんだ。

——なのに、わかるふりをしちゃったんだ。

——本当はわからないのに、お父さんの期待してる答えを言ってしまったんだ。

春くんはひどく混乱していたという。

——どうしよう。秋くん、どうしよう。

——僕、変だ。どこか壊れたのかもしれない。

「あのトキ、春クンの中でナニカが起きてた。お父さんに相談しようかと思ったケド、やめた。お父さんに言ったら、春クンを連れていかれちゃうと思ったんだ」

秋くんは春くんの言う『なにか』の正体を知っているような目をしている。

「……春くんの中で、なにが起きてたと思うの?」

おそるおそる問いかけた。

「わからない。でも春クンの中でナニカが生まれようとしてた。僕の背が伸びて、去年の服が着られなくなったみたいなことが、春くんの中で起きてたんだ」

瞬間、ぞくりと肌が粟立った。

今の秋くんの言葉には、とんでもない可能性が秘められている。

お父さんはABCDEの質問をすることで人とロボットの間にある越えられない壁を教え、秋くんに人としての成長をうながそうとしたのかもしれない。

けれどその質問は、逆に春くんを目覚めさせてしまったのではないだろうか。わかるはずの答えを見失ったとき、春くんの中で大きな変化が起きた。

より多くの人命を守る。

大事な人を一番に守る。

二つを両立させられず、春くんのシステムは狂いはじめたんじゃないだろうか。秋くんとコミュニケーションを取り、秋くんを理解し、他の人間と区別することで秋くんを特別に想い、単純な数の論理だけで考えられなくなった。人間が人間である条件のひとつである非合理性、『感情』が春くんの中に芽生《めば》えていったのだとしたら?

春くんは壊れたのではなく、進化しはじめていたのではないだろうか。

荒唐無稽《こうとうむけい》と笑われるだろうか。

けれど、そもそも、わたしたちの祖先はちっぽけな微生物だったのだ。その微生物はどうやって生まれたのか。故郷となる地球はどうやってできたのか。その他の星々、根源となる宇宙の成り立ちは? 実はわたしたちはなにもわかっちゃいない。

すごい確率での偶然が重なった結果、もしくは超越したなにか、昔から神さまとか呼ばれている存在が、今度は機械であるロボットに感情を与えたという可能性を、元ちっぽけな微生物だったわたしたちが否定していいものだろうか。

「僕、しばらくしたらアメリカに行クんだ」

ふいに秋くんが言った。

「そうなの？」

「お父さんがそうシタほうがいいって言ってクレタ。キミは日本じゃ生きづらいカモしれないって。向コウは飛び級制があるし、日本より自由に学びたいコトが学べるって」

「秋くんはなにを学びたいの？」

「お父さんと一緒。ロボット工学」

秋くんは立ち上がり、よいしょと春くんを抱《かか》え上《あ》げた。

「たくさん勉強して、いつか僕が春クンを生き返らせるんだ。春クンが目を覚ましたら、もう言うコトは決めてある。僕を助けてクレテありがとうって言う。同じことがあれば、僕も誰よりも一番に春クンを助けるって言う。春クンが大好きだって伝える」

だから、もうのんびりしてられないんだと秋くんは言った。

「僕が考える未来の世界には、ロボットと人間が同じくらいの数いるんだよ。ロボットと友達になるノハ普通のコトなんだ。お嫁サンにしたっていい。お父サンやお母サンがロボットかもしれない。誰もおかしな目で僕と春クンを見ない」

そう言い、秋くんは空色のソファに春くんと二人並んで腰を下ろした。

「僕と春クンがずっと仲良シで、一緒に暮らせる世界を早ク作らなくちゃ」

秋くんの目は強い意志に満ちている。いつもきっちりとカットされていた襟足がわずかに伸びていて、それが秋くんを少し大人に見せている。秋くんの隣で、あちこち焦げてもう動かなくなった春くんが微笑んでいるように見えた。

——ねえ春くん、あなた、本当に生きてたのよね？

ひっそりと問いかけた。幽霊の旦那さんがいる世界なら、命を持ったロボットがいてもなんの不思議もない。本当は今もわたしたちの会話を聞いているのかもしれない。

「ねえ、秋くん」

「なに？」

「春くんを生き返らせた次でいいから、わたしの旦那さんのロボットも作ってくれないかしら。中身は自前があるから、外側というか容《い》れ物《もの》だけでいいんだけど」

秋くんはきょとんとした。

「中身はあるってどういうコト？」

「わたし、死んだ旦那さんの幽霊と暮らしてるの」

秋くんはまばたきを繰り返した。

「花火大会の夜、わたしの隣には旦那さんの幽霊がいたのよ。それで事故で火傷をしたわたしを見て、旦那さんが身体がほしいって言ったの」

「それは、うる波サンを守りたいカラ？」

本当に秋くんは話が早い。

そうなのとうなずくと、秋くんは口角を下げた。

「スゴク悲しいね」

なんの含みもない、素直な言葉だった。悲しいね。悲しいね。それはきっかりと言葉分の重みを持って、わたしの心に迫ってきた。

「……うん、すごく悲しいのよ」

うなずくと、思いがけず涙がこぼれた。

「毎日、毎日、すごく悲しい」

どれだけ笑って日々を過ごしていても、いつ割れてもおかしくない薄い氷の上を歩くような怖さに包まれている。鹿野くんが死んだなんて信じたくない。幽霊でもいいから戻ってきてくれて嬉しい。でも、いつまでわたしたちは一緒にいられるだろう。

幽霊でもいいなんて嘘だ。

ずっと鹿野くんに生きていてほしかった。

ずっと鹿野くんと生きていきたかった。

涙が止まらないわたしの近くに、秋くんが静かに寄ってきた。

「わかったよ。うる波サン」

わたしの手をにぎり、秋くんは大きくうなずいた。

「春クンを生き返らせたら、次は絶対にうる波サンの旦那サンのロボットを作る。人間とかロボットとか幽霊とか、いろんな人たちが一緒にイラレル世界を作る」

秋くんは小さな手で、わたしの手をぎゅっと強くにぎってくれた。

「ありがとう。楽しみに待ってる」

わたしと秋くんは秘密の約束を交わした。


三ヶ月後、秋くんはお母さんと一緒にアメリカへ渡った。

お父さんは仕事があるので離れ離れになるらしい。しばらくして送られてきたメールには、身体の大きなアメリカの高校生たちと写っている秋くんの写真が添付されていた。もう一枚。焦げた春くんと空色のソファに並んで座っている写真も。

――人間ハ、ロボットヲ好キニナッテハイケナイノ?

混沌《こんとん》とした世界のあちらこちらから降ってくる弾丸のような激しい『常識』や『正義』や『思い込み』や『決めつけ』に、小さな秋くんは敢然《かんぜん》と立ち向かっている。

愛する友達といられる未来を手に入れるために。

――人間とかロボットとか幽霊とか、いろんな人たちが一緒にいられる世界を作る。

パソコンの画面を眺めながら、わたしと鹿野くんは微笑んだ。

「俺がここにいる間に、ぜひその夢を叶えてほしいな」

「きっと叶えてくれるわよ」

わたしたちは久しぶりに希望というものを思い出した。

その夜、夢を見た。わたしと鹿野くんと春くんと秋くんが、涼しい風の吹く木陰《こかげ》でピクニックをしている。目覚めたあともずっと幸せな余韻が残る夢だった。

植物性ロミオ

「すごい量の野菜だね」

台所で小松菜と人参《にんじん》を刻んでいると、鹿野くんが後ろから覗き込んできた。

「今日は教室で、小松菜と人参のジュースと林檎のカップケーキを出すから」

「うる波ちゃんの教室ってなんだっけ？」

「絵画教室」

小松菜と人参をカットし終え、今度は林檎を薄切りにしていく。美術の非常勤講師の他に、わたしは週末に自宅で絵画教室を開いている。近所の子供が対象のゆるいものだけれど、少しでもクオリティを高めようと毎回おやつに工夫を凝らしている。

「クオリティというなら、授業内容をグレードアップするべきなんじゃない？」

「うちはご近所づきあいの延長で成り立ってる、ゆるーい教室なの」

「ならもっと子供に受けるおやつにしなよ。ポテチとかチョコレートとか」

そりゃあそのほうが安いし手間もかからない。けれど手作りの野菜のおやつは、子供の健康を日々願い、財政を管理するお母さんたちに受けがいい。

「なるほど。スポンサーの意向は大事にしなくちゃね」

そういうことです、とパイシートに林檎を並べていく。

午後になると近所の子供たちがやってくる。みな小学生で、7：3の割合で女の子が多い。先週は近所の公園に写生に行ったので、今週は居間で家族の絵を描いてもらった。それが嫌な子は縁側で庭の風景を描いている。

鉛筆みたいな身体つきの生徒に混じって、ひとり大きな男の子がいる。先月からうちに通っている金沢《かなざわ》くんという大学二年生の男の子だ。

最初に申し込みがあったときは、てっきり大人向けと勘違いしているのだと思った。

「ごめんなさい、うちは子供向けなんです」

「知ってます」

「あ、だから特別なことはなにも教えてないんです」

「それで結構です。絵を描きたいだけなんですが、駄目でしょうか」

駄目なことはない。不定期だけれどシルバー世代の参加もある。子供と老人がよくて若者はいけないという法はない。

それに児童センターに置かせてもらっているチラシを手に、我が家の玄関先に立つ金沢くんは好青年そのものだった。清潔さとおしゃれさのバランスがいいシャツに細身のパンツ。特別なハンサムではなく、それがまた信用度をアップさせている。断る理由はなにもなく、金沢くんはうちにくるようになった。

「ロリコンなんじゃない？」

金沢くんが帰ったあと鹿野くんが言い、迂闊にもその発想がなかったわたしは焦った。どうしよう。うちは小学生の女の子が多いのに。

「最近は男の子も狙われるんだよ」

追い打ちをかけられ、焦りはさらに高まった。

「なにかおかしな素振りをしたら、すぐに帰ってもらうわ」

金沢くんが初めて教室にきた日、笑顔を浮かべつつ、痴漢撃退スプレーで武装したいくらいに身構えていた。けれど事件は起きなかった。大きいお兄さんが珍しい子供たちのほうから積極的に話しかけ、金沢くんは人のよさそうな笑顔で受け答えをしていた。

「おやつの時間に『ストロー取ってくれる？』って秋穂《あきほ》ちゃんのほうから頼んだだけで、金沢くんが自分から女の子に話しかけることは一度もなかった」

教室が終わったあと、マンツーマンの見張りを頼んでいた鹿野くんから報告を受けた。

「男の子とは普通に話してたよ。俺が見るに真斗《まさと》くんとよく話してた」

「安心できない。最近は男の子相手のロリコンも多いんでしょう？」

「男の子の場合はショタコンっていうんだよ」

「呼びかたなんてどうでもいいわ。どっちも犯罪なんだから」

けれど、その後も金沢くんは不審な動きは見せなかった。毎回淡々と絵を描き、時間がくるとありがとうございましたと帰っていく。普通だ。あまりに普通すぎて、それがまた怪しく感じられる。やっぱり、なんの理由もなく大学生が子供向けの絵画教室にはこないと思うのだ。たとえば腕を怪我して絵が描けなくなった元天才画家志望とか、そういうわかりやすい理由があれば、わたしとしても不安が拭《ぬぐ》えるのだけれど——。

「元天才画家志望って、すごく半端《はんぱ》な立ち位置だね」

鹿野くんは冷静に突っ込んできた。

「それに金沢くんが絵の天才って無理があるな。こないだタタンを描いてたけど、なんだかよくわからない、溶けたお餅みたいになってただろう」

タタンとは家によく遊びにくる真っ白の野良猫だ。

「だから言ってるじゃない。怪我をして絵を描けなくなったのよ。でも夢をあきらめきれなくて、子供向けの教室で傷ついた心を癒《い》やしているとか」

「癒やされるかなあ。金沢くんの謎の生物の絵を見て、真斗くん『お饅頭《まんじゅう》?』って聞いてたよ。金沢くんは『猫』って淡々と答えてたけど、あとでこっそり消してたし」

「それはちょっとかわいそう」

正直な感想に罪はない。けれど悪気がないからこそ、子供の感想には傷つけられることも多い。わたしも「先生、太った？」と笑顔で問われて絶賛ダイエット中だ。

「やっぱり、うる波ちゃんが目当てなのかな」

「え？」

真顔の鹿野くんと目が合った。

「やっぱりって？」

「俺は最初からそうじゃないかと思ってたんだ。うる波ちゃんは見た目が若いし、大学二年生の横に並んでもそうおかしくはない。しかも未亡人だし」

「未亡人だからなに？」

「守ってあげたくなるのかなと。逆にミステリアスに見えたり」

「馬鹿みたい」

簡単に片づけて、「それより」と鹿野くんに向かい合った。

「最初からそんなこと思ってたのに、どうして言ってくれなかったの」

鹿野くんはなんとも言えない顔をし、黙ってアトリエに引っ込んでしまった。嫌なことからは速《すみ》やかに撤退する鹿野くんの性格はわかっている。

鹿野くんはわたしを大事に思ってくれている。だから、わたしにいいご縁があれば再婚すればいいと思っている。なのにいざその相手が現れると動揺する。

気持ちはわかるので、深追いはしなかった。

わたしもそうだ。鹿野くんを愛しているのに、たまにふと、鹿野くんから解放されたいと思ってしまう。今の暮らしは子供が吹くシャボン玉にも似て、いつ弾けて消えるかわからない。常に怯えて過ごすことに疲れ、さっさと弾けてしまえと思うときがある。もちろんすぐに後悔する。そんなふうに心を揺らすことはとても疲れる。

そういえば、未亡人という言葉は差別用語らしい。まだ生きているけれど、夫を亡くした女は死んだも同然という字面が問題だという。わたしも何事もなく過ごしていたら反発していたかもしれない。けれど実際、鹿野くんを亡くしたときのわたしは、生きながら葬られたような気持ちだった。積極的に葬ってほしいとすら思った。愛する男を亡くした女の心情だけにスポットを当てるなら、よくできた言葉だと思う。

「わたし、金沢くんをそんな対象で見たことないから」

その日の夜、布団に入ってからぽつりとつぶやいた。

「すごい遠投だね」

隣の布団で眠っている鹿野くんが小さく笑った。

わたしたちは毎晩、寝室にしている和室に布団を二つ並べて寝ている。現実には存在しない鹿野くんの姿がわたしには見え、声が聞こえ、触れることもできる。けれど鹿野くんと交《か》わす触れ合いが実を結ぶことは永遠にない。

「金沢くんとはあんまり話さないようにする」

「俺のことは気にしなくていいよ。他の生徒と同じく平等に接してあげて」

「愛という名のもとに平等はないの」

わたしは金沢くんよりも鹿野くんが大事だし、それを伝え惜しむことはしない。

「でも月謝という名のもとでは平等が守られるべきだと思うよ」

鹿野くんは憎たらしい切り返しをしてきた。

「やきもち妬《や》いたくせに」

「……そこはいかんともしがたいというか、いたしかたないというか」

うにゃうにゃとつぶやき、おやすみ、と鹿野くんは会話を打ち切った。寝たふりをしている鹿野くんの隣で、わたしは豆電球を消した。平和な夜だった。


そんな話が出て以降、わたしは不自然にならない程度に金沢くんと距離を取るようになった。鹿野くんは「差別はよくないよ」と言いながら機嫌がいい。今日の金沢くんは課題である家族の絵をパスし、縁側で色づきはじめた秋の庭を描いている。

「うる波ちゃん、金沢くんがまたこの世にないものを描いてるよ」

金沢くんが教室に通って一ヶ月、鹿野くんは今日も煙草片手に金沢くんの絵を覗き見して笑っている。わたしは無視しておやつのお盆をテーブルに置いた。

「みんな、そろそろおやつにしようか」

声をかけると、子供たちがやったーと絵筆を置いて集まってくる。絵を描いているときより、おやつの時間のほうが楽しそうなのは美術教師として複雑だ。

「うる波先生、これ薔薇の蕾《つぼみ》みたい。かわいい。どうやって作るの？」

秋穂ちゃんが林檎のカップケーキを見て驚きの声を上げた。

「綺麗でしょう。でも市販のパイシート使ってるから簡単なんだよ」

うそー、教えて教えてと秋穂ちゃんが目を輝かせる。それを聞いた他の女の子もわらわらと寄ってくる。男の子たちは作りかたには興味を示さず、野菜のくせにうめーなと小松菜と人参のジュースをごくごく飲んでいる。よしよし。

「まずはクリームチーズを塗った市販のパイシートを細長く四つに切ります。次に薄くスライスした林檎を縦にずらーっと重ねて並べて、上から砂糖を振りかけ、林檎ごとくるくる巻いていきます。あとは林檎の赤い皮が上になるようカップケーキの型に入れて、百九十度で四十分焼いたらできあがり」

赤い皮を残してスライスされた林檎の縁が、あたかも薔薇の蕾のように見えるという仕掛けだ。これはうちの裏手に住む西島さん伝授のお菓子だ。以前に西島さんが作ったものをおすそ分けでいただき、わたしもそのときに教えてもらった。

「えー、すごく簡単、わたしでも作れそう」

「作れるわよ。秋穂ちゃん器用だもん。あとでレシピ書いてあげるね」

他の女の子が「わたしも一緒に作りたい」と秋穂ちゃんの元に寄り集まる。じゃあうちでやろうかと、女の子たちの輪の中心で秋穂ちゃんが予定を立てる。

秋穂ちゃんはきゅっと吊り上がった大きな目と、八重歯がウサギみたいにかわいい女の子だ。物怖《ものお》じしない性格で、いつもみんなのまとめ役でもある。男の子にも人気があるそうで、真斗くんと恵介《けいすけ》くんがうちの教室に通っているのは秋穂ちゃんが好きだからだと他の子からこっそり聞いた。恋愛模様に大人も子供も関係ない。

「もったいなくて食べれないね」

女の子たちはそう言いつつ、薔薇の形のカップケーキを少しずつかじっている。いつも静かな我が家の居間に、小鳥の群れのような高くて小さな笑い声が充満していた。


生徒たちを見送ってから、ふうっと大きく息を吐いた。みんないい子たちだけれど、やっぱり子供の相手は疲れる。やれやれと居間に戻ると、スケッチブックが置き忘れてあった。誰のだろうとめくってみる。

赤い絵の具で星雲のような、袋から出されて広がったうどんのようなうにゃうにゃした塊が描かれてある。ひどい表現だけれど、うにゃうにゃとしか言いようがない。

「この謎の生物感は金沢くんね」

「うる波ちゃん、たまにひどいこと言うよね」

スケッチブックの裏を見ると、確かにローマ字で金沢くんの名前が入っていた。

「これ、なんの絵かしら」

「薔薇だよ」

「薔薇?」

「おやつに出したカップケーキを描いてたよ」

なるほど。この赤いうにゃうにゃは皮を残してスライスされた林檎だったのか。

「白猫を描いたら溶けたお餅になるし、薔薇のカップケーキを描いたら広がったうどんになっちゃうし、ここまでくると独特の感性といっていいかもしれない」

話しながらページをめくっていく。デフォルメされすぎているけれど、おそらく人間だろう物体が描かれている。家族だろうか。

「女の子っぽいけど、まさかうる波ちゃんだったりしてね。ああ、わざわざカップケーキの絵を描いたのも、うる波ちゃんの手作りだからかな」

鹿野くんが笑う。でも目が冷たい。

「この絵じゃわからないわよ。友達か誰かでしょう」

さらっと受け流しながら、けれどももしもそうだったら嫌だなあと思った。盗み見なんて気分がよくないし、そういう男性を家に上げるのはわずらわしい。

困っていると、チャイムの音が響いた。

「すみません。スケッチブックを忘れてしまって」

玄関に立つ金沢くんは息を弾ませている。慌てて戻ってきたようで、その慌てようが不審だ。やましいところがあるからスケッチブックを見られたくないのだろうか。

「少し中を見せてもらったわ」

そう言うと、金沢くんがやや表情を強張《こわば》らせた。

「薔薇の絵と、女の人が描いてあった」

金沢くんは今度ははっきりと動揺した。やっぱりそうなのかと頭が痛くなる。

「あのね、こんなことを聞くのはどうかと思うんだけど、あの、なんていうか、その、たとえばの話、金沢くんがうちに通ってる理由って、もしかして……」

かなり遠回しに問うと、金沢くんは口元を噛み締めた。

「すみません。見てるだけなんです」

唐突に頭を下げられた。

「本当にすみません。けっしてご迷惑はおかけしません。ただ見てるだけなので、どうか許してください。それ以上のことはけっしてありません。約束します」

さらに深々と頭を下げられ、わたしは苦しい決断を迫られた。

金沢くんは思っていたよりもずっと純情な男の子で、いい子だった。けれどわたしがなによりも守りたいのは鹿野くんとの暮らしだ。ただでさえ薄氷を踏むような今の暮らしに、わずかとはいえ不安要素を入れるわけにはいかない。

「金沢くん、ごめんなさい。あなたの気持ちは嬉しいけど、わたし、亡くなった主人を愛しているの」

するど金沢くんが顔を上げた。

「え？」

とよくわからない顔をされた。

「あの、すみません。僕が好きなのは」

「え？」

「え？」

お互いに顔を見合わせた。

「すみません。僕、なにか誤解させてしまったみたいで……」

ひどく困った顔をされ、金沢くんが好きなのは自分ではないことがわかった。

「ご、ごめんなさい。わたし、おかしな勘違いをして」

顔全体が熱くなり、嫌な汗が噴《ふ》き出《で》る。

「いえ、僕もまぎらわしくてすみません」

玄関先でぺこぺこと頭を下げ合う。今すぐ消えてしまいたいほど恥ずかしい状況の中で、鹿野くんが腕組みでつぶやいた。

「じゃあ、金沢くんは誰が好きなの？」

そういえばそうだ。金沢くんの相手が自分ではなくても、さっきの言葉を考えれば教室にいる誰かなのだ。けれどうちは金沢くんの他はみな小学生で――。

「あの、じゃあ、あなたの好きな人って？」

「……それは」

「ロリコン？　それともショタコン？」

これ以上ない恥をかいたあとなので、案外するっと聞けてしまった。

「少なくとも、ショタコンではありません」

「じゃあロリコンなのね」

金沢くんの顔からすうっと表情が抜けた。

「あ、ごめんなさい」

さすがに今のは無神経だった。

「いえ。それが普通の反応だと思うので平気です」

淡々と返された。金沢くんの目には、怒りよりもあきらめが濃くにじんでいる。なにをどう言えばいいのかわからなくなって、切羽《せっぱ》詰まった沈黙が広がる。

「……金沢くんは悪くない」

ふいに声がして、玄関の引き戸が少し開いた。顔を出したのは薄桃色のワンピースを着た秋穂ちゃんだった。秋穂ちゃんはそろそろと中に入ってきて、わたしを素通りで金沢くんを見上げた。

「信号のところで待ってたけどこないから、どうしたのかなと思って」

「ごめん。スケッチブックを忘れたんだ。来週まであずかっててもらってもよかったんだけど、秋穂ちゃんの絵を描いてたからまずいと思って」

申し訳なさそうな金沢くんに、秋穂ちゃんは小さくうなずいた。金沢くんを見つめる秋穂ちゃんの瞳には、幼いながらまっすぐな熱がこもっている。

「え、ちょっと待って。金沢くんの好きな子って……」

秋穂ちゃんがこちらを向いた。

「金沢くんだけじゃない。わたしも金沢くんが好きです」

「え?」

「わたしたち、ちゃんと両思いです」

わたしの横で、鹿野くんも腕組みで「ええ?」と首を前に伸ばした。

「両思い?」

「はい」

「秋穂ちゃん、小四よね？」

当然知っている事実が揺らいだ。遅ればせながら焦りが込み上げてくる。金沢くんは苦い薬を飲んだような顔をしていて、秋穂ちゃんだけがやたらと堂々としていた。

「うる波先生、ごめんなさい。金沢くんは悪くないです。わたしたち真剣に好き合ってるの。でもうちの親にばれちゃって、会う場所がなくて……」

うつむく秋穂ちゃんを、金沢くんが悲しそうに見下ろしている。

「とりあえず、話を聞いてあげれば？」

鹿野くんにうながされ、わたしは二人を家に上げた。

今年の夏休み、NPO団体が主催したサマーキャンプに秋穂ちゃんは参加した。子供の自立をうながすため親は抜きで、代わりに指導員としてマンツーマンでボランティアの大学生がつく。そこで秋穂ちゃんの指導についたのが金沢くんだった。

親しくなった二人はキャンプのあともラインを交換し、九月に入って初めて二人きりで会った。動物園に行ったんだよと秋穂ちゃんが嬉しそうに話す。

「そのあとね、ファミレスでパフェおごってもらったんだ」

金沢くんはちゃんと夕方までに秋穂ちゃんを家へと送り届け、別れ際に「これ、秋穂ちゃんに似合うと思って」とフラミンゴのキーホルダーをくれたらしい。

「わたし、お母さんやお父さん以外と二人きりで外でご飯食べたの初めてだった。それに男の子からプレゼントもらったのも初めてだった」

はにかんだように笑う秋穂ちゃんを見て、子供のころ憧《あこが》れていた小学校の先生を思い出した。背伸びしたい年頃の女の子にとって、初めて自分を女性扱いしてくれた男性は特別にならざるをえない。秋穂ちゃんが金沢くんを好きになるのは仕方ない。

問題は金沢くんだ。いくら秋穂ちゃんに好かれているといっても——。

「僕が線引きをしなくちゃいけなかったんですけど」

金沢くんがうつむきがちにつぶやく。さっきからずっと視線を上げない。悩みでコーティングしつつも、喜びを隠しきれない秋穂ちゃんとは対照的だ。

「金沢くんは悪くない。告白したのもわたしからだし」

秋穂ちゃんは恐れを知らないジャンヌ・ダルクのように言い放った。

清い交際をスタートさせた二人だったが、秋穂ちゃんの携帯を見たお母さんが見慣れない男の子からの着信を不審に思い、秋穂ちゃんをこっそりと尾けた。デート現場に現れた秋穂ちゃんの両親に、金沢くんはあわや警察に通報されるところだった。

秋穂ちゃんの必死の嘆願で通報だけは免れたが、当然、二人の交際は禁じられた。しかし恋に落ちた若者を止める手段はないと、シェイクスピアおじさんも言っている。翌日の月曜、秋穂ちゃんは小学校をサボって金沢くんの大学まで会いにいった。

「待って。翌日って、たった一日しか我慢できなかったの？」

問うと、秋穂ちゃんはなぜか誇らしそうにうなずいた。

「すごい情熱だな。でも本家ロミオとジュリエットは出会った翌日に結婚して、五日目くらいには死んでたから、秋穂ちゃんと金沢くんはまだ根気があると言えるのかも」

居間の壁にもたれ、鹿野くんがのんきにつぶやいている。

お互い想い合っているのに、別れることは難しい。けれど女児にこんにちはと声をかけただけで不審者通報されてしまう時代、十歳と十九歳の恋愛など到底許されない。二人で会っていても不審に思われない場所はないかと相談した結果――。

「つまり、うちの教室でデートしてたってこと?」

「おかしなことはしてません。顔を見てただけです」

金沢くんが慌てて言い添える。

「でも、さっき信号のところで待ってたのにって言ってなかった?」

「それは……少しでも長く姿を見ていたくて」

けっして声はかけず、一定の距離を空け、お互いの気配を感じながら別々に帰り道を辿《たど》るのだという。聞いているうちに、重い塊がゆっくりと喉元にせり上がってきた。

「……ご迷惑をおかけしてすみません」

金沢くんが何度目かしれない謝罪を口にしたとき、それが口からこぼれた。

「謝らないで」

「え？」

金沢くんが顔を上げる。わたしの胸の中には不憫《ふびん》さと一緒に、いいようのない歯がゆさや怒りに似た感情が渦を巻いていて、ああ、そうかとわかった。

「あなたたち、お互い好きなんでしょう？」

金沢くんはわずかに目を見開き、それからうなずいた。

「それは、なにも悪いことじゃない」

誰かを想う気持ちを罰する権利なんて、誰にもない。

つまりこの怒りは、自分のための怒りなのだと気づいた。わたしは鹿野くんを想う気持ちを誰にも否定されたくない。世の中のルールに反していようとも、みんなから奇異の目で見られても、わたしの心はわたしのものだ。誰にも動かせない。

「先生、じゃあわたしたち、これからもここに通っていいの？」

秋穂ちゃんが目を輝かせて身を乗り出してくる。

「え、それとこれとは……」

もしも秋穂ちゃんの親にこのことがばれたら、幼女をかどわかした変質者の共犯として町内のつまはじきにされるかもしれない。高校に苦情を入れられたら職を失うかもしれない。いや、警察に突き出されるかもしれない。

「……先生、わたしたち悪くないって言ってくれたじゃない」

秋穂ちゃんの目に懇願と不安が広がっていく。

「言葉は考えて口にしなくちゃいけないね」

鹿野くんが言う。ああ、その通りだ。わたしは迂闊だった。けれどさっき言った言葉を取り消すつもりはない。誰かを想うことは自由だ。誰にも罰することはできない。悪くない二人に教室を辞めろとは言えない。けれど、わたしにも守りたい生活がある。

「金沢くん、ちょっと」

わたしは立ち上がり、金沢くんだけを台所に呼び出した。

「身も蓋もない質問で申し訳ないんだけど」

「はい、なんでしょう」

「本当に、法に触れるようなことはしていないの？」

心に触れることは許されても、身体に触れれば犯罪になる。実際は心だってすごく傷つきやすいし治りも遅いけれど、法律は形のないものまでは取り締まれない。

「秋穂ちゃんとは、手をつないで歩いたくらいです」

「信じていいの？」

「信じてください」

「うちの教室では、顔を見るだけでいいのね？」

「はい。それだけで充分です。約束します」

金沢くんの目に嘘の気配はなく、わたしはわかったとうなずいた。

二人が帰ったあと、鹿野くんと縁側で梨《なし》をむいて食べた。旬の真ん中、丸々と太ったみずみずしい梨。鹿野くんは実際には食べないので、ひとりで全部食べたらお腹がいっぱいになる。半分だけ食べて、残りは明日の朝、ジュースにでもしよう。

「九歳差っていまどき珍しくないんだけどな」

幻の梨を食べながら、鹿野くんがつぶやいた。

「芸能人や有名人やお金持ちほど、十や二十も年下の奥さんをもらってる」

「セレブの特権なのかしらね。トロフィーワイフって言葉もあるし」

成功した男にトロフィーのように与えられる若く美しい妻。

「五十歳が三十歳の奥さんもらっても許されるんだから、十九歳と十歳の恋愛も見守ってやればいいのに。五十引く三十は二十で、九歳差なんてどうってことない」

「子供は弱いから、大人が守るべきって社会のルールがあるのよ」

「あの二人だと、秋穂ちゃんがすでに尻に敷いてない？」

「まあ、そんな感じだったわね」

「プラトニックなんだから、会うくらい好きにさせればいいのに」

鹿野くんは爪楊枝《つまようじ》の先をかしかし嚙んだ。

「じゃあわたしと鹿野くんの娘が、すごく年上の男の人を連れてきたらどうする？」

問うと、うーんと鹿野くんは爪楊枝をくわえたまま空を見上げた。

「頭ごなしに反対はしないけど、悔《くや》しくて悲しくて夜も眠れないかもしれない」

想像して笑った。鹿野くんが死ななければ、わたしと鹿野くんの間には子供が生まれていたかもしれない。一見そっけないけれど実は愛情深い鹿野くんを、年頃になった娘は嫌がるかもしれない。お父さんうざーい、と幻の娘が怒る未来。

「いつか娘が生まれないかな。実在しない旦那さんがここにいるんだから、実在しない娘も、ある日ぽこんと現れるなんていうことはないかな」

「ぽこんって、うる波ちゃん、ウミガメじゃないんだから」

「要は鹿野くんの想像力にかかってるんじゃない？　ポケットからいつも無限に出てくる煙草とかライターとか、今食べた梨とか爪楊枝とか、全部鹿野くんのイメージの産物なんでしょう。だったら娘もイメージできるんじゃない？」

「そんな無茶な。前に一万円札にチャレンジして駄目だったじゃないか」

「お金と娘はまた違う気がする」

「無理だって。見たこともないものは作り出せない」

「鹿野くんならできるよ。思い描いて創造して」

「……彫刻学科ならよかったな」

ぼやきつつ、鹿野くんは目を閉じて瞑想《めいそう》しはじめた。

娘創造に取り組んでいる旦那さんの隣で、わたしは定型について考えた。

鹿野くんの幽霊と暮らしていると言えば、大方の人がわたしを正道から外れた人とみなすだろう。死んだ夫を想い続けて正気を失ったと、きっと哀れに思うだろう。

わたしは幸せだけれど、この幸せは理解されにくい形をしている。多くの人たちは異質なものを受け入れないし、幸せすら定型にはめたがる。それはわたしや秋穂ちゃんたちに限ったことじゃない。もっと身近に、なにげなく散らばっていたりする。

たとえば「結婚しないの？」「子供はまだ？」というなにげない問い。真斗くんのお母さんは、お舅《しゅうと》さんから「女なのに、いつまで仕事をするの」と聞かれたそうだ。逆に「男なのに育児休暇を取るなんて、嫁さんの尻に敷かれてるのか」と言われる男性もいる。

自分の常識からはみ出す人に、心配という大義名分で気軽に引《ひ》っ掻《か》き傷をつける人がいる。言ったほうには特に悪意がないから余計にタチが悪い。

「うる波ちゃん、口がアヒルみたいになってるよ」

隣を見ると、鹿野くんと目が合った。

「娘作りは？」

「無理だよ。大雑把なイメージならできるけど、細かい造形が追いつかない。ディテールを完璧に再現できるほど幼女に詳しくないし興味もないし」

「まあそうね」

「うる波ちゃんはなに怒ってたの？」

「いろいろ。わたしたちのこととか、金沢くんたちのこととか」

鹿野くんはうなずいた。

「そこそこ適当に、うまくいくといいのにね」

本当にそうだ。わたしはわたし。あなたはあなた。適当に楽しくやりましょう。そんな感じだったら、みんなあまり悩まず楽に呼吸ができるのに。だいたい、あなたのためにという言葉は頑固で、真面目で、自らの信念に満ちすぎていて始末に困る。


子供たちをなるべく外で遊ばせたいというお母さんたちの意見を取り入れて、今週は徒歩三十分ほどの神社で風景を描くことにした。遠いと文句を言われたけれど、ゲームばかりで運動不足の現代っ子に少しでも日光を浴びせるようにとスポンサーからの依頼だ。健康に留意した野菜おやつの次は運動不足解消。

「もう完全に絵画関係ないよね」

横で鹿野くんが代弁してくれた。子供相手はわたしと同じく苦手な鹿野くんが珍しくついてきたのは、秋穂ちゃんと金沢くんの様子が気にかかるからだ。

「よく見ると、金沢くんはいつも秋穂ちゃんの姿が見える場所にいるね」

秋穂ちゃんから三人分ほど後ろを金沢くんは歩いている。追い抜かさないよう、ひどくゆっくりとした速度。見ているこちらまで切なくなる光景だった。

「現代のロミオとジュリエットだ」

「不吉だからやめて」

小声で言った。あのお話は二人の死で終わる。初読は中学一年生のときで、ドラマチックな悲恋に少し泣いてしまったけれど、大学生のときに読み返したら、五日間という超最短距離で突っ走った二人の行動に泣くよりも驚いた。

出会ったその日に婚約、翌日結婚、帰りに殺人を犯し、その罪で追放、仮死状態で埋葬され、嘆きのあまりロミオは死に、目覚めたジュリエットもあとを追う。

勘違いが不運を引き寄せた末の二人の死に、先走っては駄目とか、もう少し時間をかけて考えましょう、もっとよく計画を練りましょうという感想になってしまい、すっかり大人になった自分に対してがっかりした。読書はタイミングも重要なのだ。

恋愛も同じなんだろう。ロミオとジュリエットが二十代だったら、三十代だったら、まったく違う話になったはずだ。二人は慎重に動き、賢く立ち回り、二人の結婚で争いが続いていた両家は和解し、さらなる栄華を極めたかもしれない。金沢くんと秋穂ちゃんの恋も、ただただ出会った時期だけの問題で――。

「うる波ちゃん、ロレンス神父の二の舞をしないようにね」

どきりとして鹿野くんを見た。

「人の恋路なんて邪魔しても協力しても、結末は馬に蹴られるの一択だよ」

確かにその通りだと、二人に寄せ過ぎていた心を適正な距離まで引き離した。邪魔をせず、余計なお節介《せっかい》もせず、金沢くんが淫行《いんこう》罪に問われなくなる八年後まで、二人の恋が破《は》綻《たん》しないよう願う。それくらいしかできることはない。

戸外での写生を終わらせたあと、またみんなでわたしの家まで戻る。現地解散させてなにかあれば大変だからだ。けれど今日は戻った家の前に事件が待っていた。

「うる波先生、いつもお世話になってます」

秋穂ちゃんのお母さんが頭を下げる。にこやかな表情とは裏腹に、その目はわたしの後ろにいる秋穂ちゃん、そしてさらに後ろにいる金沢くんを捕らえている。お母さんの隣にいる男性に、秋穂ちゃんが小さく「お父さん」と呼びかけた。

「絵に描いたような修羅場だ」

鹿野くんがうんざりとつぶやき、わたしは頽《くずお》れそうになった。

話し合いは、我が家の居間にて行われた。

「うる波先生を信用して、秋穂をあずけていたのに」

お母さんから怒りのこもった目を向けられた。どうやら、真斗くんのお母さんから教室に大学生の男の子が通っていると聞いてピンときたらしい。

わたしは頭を下げるしかなかった。鹿野くんも今回ばかりは隣に座ってくれている。わたし以外には見えないけれど、そばにいてくれるだけで心強い。

「お母さん、先生は悪くないんだよ。わたしが協力してほしいってお願いしたの」

「子供は黙ってなさい。いくらあなたがお願いしたって、親に一言入れるのがちゃんとした大人ってものなの。きっとその男に言いくるめられたのね」

お母さんは金沢くんをにらみつけた。汚物を見るような目だ。金沢くんもわたしと同様に、すみませんと頭を下げるしかない。わたしと金沢くんがペアみたい、というか親御さんからしたら実際にわたしは金沢くんの共犯で、完全にロレンス神父なのだろう。

「教室で会おうって金沢くんに言ったのはわたしだよ」

「だから口出ししないの。これは大人同士の話なの」

「わたしと金沢くんのことじゃん」

お母さんは秋穂ちゃんを無視してわたしを見た。

「秋穂とその男のことを知っていて会わせていたなんて、先生は自分がなにをしたかわかってます？　秋穂になにかあったら、どう責任を取るんですか」

一週間に二時間だけ、恋人同士に顔を見る場所を貸しただけで、なにも悪いことなんてしていません——と言える雰囲気ではなく、すみませんとふたたび頭を下げた。

「おんなじ場所で絵を描いてただけだよ。それがなんで駄目なの」

「その男とは会わないようにって、お母さんとお父さんが言ったでしょう」

「どうして金沢くんと会っちゃいけないの？」

「あなたを守るためだって何回言ったらわかるの」

「金沢くんは怖いことなんてなにもしないって、わたしも何回も言ってるじゃん」

お母さんは怒りをこらえるためか、ふーっと大きく溜息をついた。

「その男と会ってはいけない理由がわからないのは、そもそもあなたが子供だからよ」

「お母さんたちだって、わたしの気持ちなんてわからないくせに」

「子供が生意気を言わないの」

「子供子供って馬鹿にしないで。お母さんなんて大っ嫌い！」

秋穂ちゃんが両の手のひらをテーブルに叩きつけた。

「秋穂ちゃん、お母さんにそんな言いかたをしちゃ駄目だ」

金沢くんが口を挟んだとき、それまで黙っていたお父さんが顔を上げた。

「……おまえ、どのツラ下げてそんな偉そうなことを言ってるんだ」

お父さんの声は細かく震えていて、秋なのにうっすら汗をかいている。大丈夫ですかと声をかけようとした矢先、いきなり金沢くんの胸倉をつかみ上げた。

「おまえは俺の娘になにを……っ、おまえ、おま……っ」

怒りで舌がもつれてしゃべれていない。お父さんは金沢くんのシャツを引きつかんで畳に押し倒し、馬乗りになって上から拳《こぶし》をふるおうとする。

「ま、待って、やめてください」

止めに入ったが間に合わず、金沢くんは殴られた。いきなりの暴力にわたしは目を背《そむ》けてしまった。お母さんは固まっていて、秋穂ちゃんが甲高《かんだか》い悲鳴を上げる。

「お父さん、落ち着いてください」

金沢くんが腕を交差させて顔面を防御する。

「おまえにお父さんなんて呼ばれる筋合いっ、おまえに、おまえに！」

お父さんは舌をもつれさせながら金沢くんを殴り続ける。

「お父さん、やめてよ、やめて！　金沢くん、殴り返して！」

秋穂ちゃんが言う間にも、お父さんの拳が金沢くんの顔面にヒットする。

「ど修羅場だ」

鹿野くんがほとほと嫌気がさしたように溜息をついた。鹿野くんと二人で静かに暮らしている我が家に、暴力と怒鳴《どな》り声と悲鳴が満ちている。悪夢のような光景に石像と化していると、秋穂ちゃんがいきなり居間を飛び出していった。

「秋穂！」

お母さんが追いかける。そのあとをお父さんと金沢くんが追いかける。わたしは追いかけたくなかったけれど、秋穂ちゃんが向かったのが台所だったので追いかけた。

「金沢くんと引き離されたら、わたし死ぬ！」

秋穂ちゃんは包丁を胸に突き立てる真似をし、その場が凍《こお》りついた。

お母さんは短い悲鳴を上げ硬直し、お父さんは馬鹿野郎と怒鳴る。

鹿野くんは「おー、ジュリエット」とつぶやき、わたしはお願いだからお祖母《ばあ》ちゃんから譲られた形見の包丁をおかしなことに使わないでと祈った。

「秋穂、そんな男のために馬鹿なことはやめろ！」

「そんな男ってなによ！」

お父さんが火に油を注いだせいで、お祖母ちゃんの包丁はさらに秋穂ちゃんの心臓に近づいた。わたしは「やめて、お願い」と両手を組んだ。

「秋穂ちゃん、そんなことしちゃ駄目だ」

金沢くんが落ち着いた声で呼びかけた。

「ここにいる人、みんな秋穂ちゃんを愛してるんだ。お父さんとお母さんの顔を見て。真っ青だろう。うる波先生もだよ。落ち着いて、ちゃんと周りをよく見て」

「だ、だってみんなして金沢くんのことをいじめて……」

「僕はいいんだ。お父さんとお母さんは世界中で一番秋穂ちゃんを愛してて、秋穂ちゃんを守ろうとしてる。全部、秋穂ちゃんを大事に思ってるからなんだ」

わかるよねと、金沢くんはゆっくりと秋穂ちゃんに近づいていく。この恋が明るみに出たら一番世の中から非難され、罰せられそうな人が、一番冷静で、真摯《しんし》に場を収めようとしている。秋穂ちゃんが泣きべそをかきはじめる。

「じゃあ、金沢くんはわたしと会えなくなってもいいの?」

「会えなくても、秋穂ちゃんが生きていてくれるほうがずっといいよ」

静かに言い聞かせる金沢くんに、秋穂ちゃんの目はうるみはじめた。

「……金沢くん」

秋穂ちゃんの目からぽろぽろ涙がこぼれ、うわーんと手放しの泣き声が響いた。

「秋穂ちゃん、大丈夫、もう大丈夫だから泣かないで」

金沢くんが秋穂ちゃんの手からそっと包丁を奪う。そのあとひしと抱きしめる――という予想に反し、金沢くんは秋穂ちゃんの手を引いて両親の元に引き渡した。

「秋穂……っ」

お母さんとお父さんがしっかりと秋穂ちゃんを抱きしめた。

「金沢くんはロミオの百倍くらい大人だ」

鹿野くんの言葉に深くうなずいた。

愛の嵐《あらし》に巻き込まれることなく、冷静に状況を判断した。

ふたたび話し合いをした結果、金沢くんと秋穂ちゃんはこのまま教室に通えることになった。やはり娘の心臓に包丁が突き立てられたシーンは相当の衝撃だったのだろう。金沢くんが一貫して紳士的だったことも功を奏した。教室が終わったら一緒に帰ってもいいことと、月に一度だけ門限が夕方四時のデートを許された。

「本当にご迷惑をおかけしました。今後もよろしくお願いします」

秋穂ちゃんの両親は憔悴《しょうすい》した様子で頭を下げた。対照的に秋穂ちゃんは幸せの絶頂で、金沢くんは最後まで控えめな態度を崩さなかった。


「ロミジュリ大勝利だったね」

「死なくてよかったわ。お祖母ちゃんの包丁も無事だったし」

わたしは台所に戻り、包丁を丁寧に洗い直して研《と》いだ。長年お祖母ちゃんが使い、お祖父《じい》ちゃんが研ぎ、わたしが結婚してからは鹿野くんが研ぎ役を継いだ。今ではわたしが使ってわたしが研ぐ。鹿野くんが死んで三年目、虫退治以外、たいがいのことはひとりでできるようになった。それは心強くもあり、さびしいことでもある。

「けど若いってすごいなあ。『金沢くんと引き離されたら、わたし死ぬ！』」

鹿野くんが真似るように甲高い声を出し、わたしはリズムよく刃を研ぎながら、茶化《ちゃか》さないのと言いつつ笑ってしまった。笑いごとにできて本当によかった。

「こっちが恥ずかしくなって、あちこちムズムズした」

「鹿野くんは低め安定のところで生きてるからね」

「あんなセリフを言うくらいなら、死んだほうがマシだな」

「言わなくても死んじゃったじゃない」

ブラックな笑いを交わしたあと、嘘だよ、と鹿野くんは声の調子を変えた。

「死ぬくらいなら、どんな恥ずかしいセリフだって言えるよ」

「そうしてくれると嬉しい」

鋭く光る刃を心臓に当てて、力ずくで愛を勝ち取った秋穂ちゃんが羨《うらや》ましかった。わたしも神さまの前で同じことをしてみたい。鹿野くんを返してくれなければ死ぬと。神さまは知らんぷりだろう。返すくらいなら奪いはしない。最初から。

その後、金沢くんと秋穂ちゃんは教室でも普通に話をするようになった。つきあっていることは伏せているけれど、二人が特別に仲良しなのは自然とみんなに伝わって、秋穂ちゃんが好きだった真斗くんは機嫌がよくない。教室を辞めるかもしれない。

唯一事情を知っているわたしにだけ、秋穂ちゃんはこっそりと経過を教えてくれる。ようやく両親に交際を認められ、誰かにのろけたくて仕方ないのだ。

「ねえ先生、聞いて。こないだ水族館に行ってきたんだよ」

おやつの準備をしていると、今日も台所にきておしゃべりをはじめた。プレゼントされた青いイルカのブローチを見せてもらい、先生は旦那さんになにかもらったことがあるかと聞かれたので、鞄につけている涙型のブローチを見せてあげた。

「初めて会った日にもらったの。手作りなのよ」

「ええ、すごい。愛を感じるー」

「そうでしょう。はい、じゃあこれ持っていって」

はーいと秋穂ちゃんが手作りのスイートポテトを居間に持っていく。台所の椅子に腰かけていた鹿野くんが、頬杖をついて小さな背中を見送っている。

「現代版ロミオとジュリエットはハッピーエンドね」

「それはどうかなあ」

鹿野くんは思案顔でスイートポテトに手を伸ばした。鹿野くんがつまんだ途端、それは実物と幻の二つにわかれる。皿の上にもスイートポテト、鹿野くんの手にもスイートポテト。いつも夢のようだと思い、夢なのだと自覚して少し悲しくなる。

「ハッピーエンドかどうかは、まだわからない」

鹿野くんは思案顔で、幻のスイートポテトを食べた。


日曜日、お皿を買いに街に出かけた。鹿野くんと結婚したときに買った楕円の黒いお皿を割ってしまったのだ。二枚合わせると大きなシジミみたいで気に入っていた。

一緒にブランケットも買った。濃いミルクティーの地色に白い羊の模様。去年まで使っていたものは、外猫のタタンに爪を研がれてしまった。買い物袋を提げてのんびり駅から帰ってくる途中、金沢くんと秋穂ちゃんを見かけた。

晴れた日曜の午後、二人は金色の海みたいな銀杏《いちょう》並木の下を歩いている。ピクニックでも行ってきたのか、金沢くんは秋穂ちゃんの籐製《とうせい》のバスケットを持っている。手などはつないでおらず、楽しそうに話をしている姿は年の離れた兄と妹みたいだ。

最近、秋穂ちゃんは綺麗になった。年齢的にはかわいいという形容が似合うけれど、秋穂ちゃんの変化は明らかに『かわいい』よりも『綺麗』だ。薄い色《いろ》つきのリップをつけて、少女から脱皮しかける途中の不安定なきらめきに彩られている。

ロミジュリ騒動があった日の、秋穂ちゃんのお父さんの意気消沈した背中を思い出すと気の毒になるけれど、みんないつか大人になっていくのだから仕方ない。

微笑ましい気分で行き過ぎようとしたときだった。

「ちょ、あれロリ沢じゃね?」

向かいからきた女子高生たちが、眉をひそめて立ち止まった。

「うわ、まじかよ。またちっさい子連れてるじゃん」

二人の視線は金沢くんと秋穂ちゃんに注がれていて、わたしは思わず金沢くんたちと女子高生を見比べてしまった。女子高生たちがこちらを見る。

「……おねーさん、もしかしてあの女の子の知り合い?」

「え、あ、はい」

男の子とも知り合いだけれど。

「じゃあ、気をつけてあげたほうがいいよ」

「どういうこと?」

二人はもの言いたげに顔を見合わせた。

「あたしの小学校んときの友達が、あの男とつきあってたんです。あたしらは小四でロリ沢は中二で、そんときは年上の彼氏いいねーくらいだったんですけど」

そこまで言い、女子高生は隣の友達に視線を送った。

「あたしの妹の友達もロリ沢とつきあってたの。妹らが小四のときで、ロリ沢は高二で、たまたまみんなで話してたときわかってぶっ飛びました」

わたしも今ぶっ飛んだ。頭のてっぺんから血の気が引いていく。

「友達はエッチはしてないって言ってたけど、本当はどうかわかんないよね」

「とにかく筋金入りの小四フェチだから、気をつけたほうがいいですよ」

女子高生たちはそう言い残して行ってしまった。


幼かったころ、見た目で人を判断してはいけませんと教えられた。

大人になった今は、ちゃんと話をしても人なんてわからないと知った。

買い物袋がやたら重く感じる。のろのろと歩き出したけれど、入浴剤が切れていることを思い出して駅ビルに引き返した。頭の中では、小四フェチという衝撃の言葉がごうごうと濁流のように渦を巻いて流れている。いったいどうしたらいいんだろう。

秋穂ちゃんのお父さんとお母さんに報告すれば、今度こそ金沢くんは警察に突き出されるだろう。ひとりの青年の未来がわたしの手ににぎられている。

いや、ここはひとりの青年ではなく、ひとりの変質者と見るべきか。そうすればおのずと答えは出る。ああ、でも好きな人が変質者だったと知ったら秋穂ちゃんはひどく傷つくだろう。下手したらトラウマになるかもしれない。

「うる波先生」

びくりと立ち止まった。聞き覚えのある声におそるおそる振り向くと、駅ビルのショッピングフロアに金沢くんが立っていた。いつもの好青年な笑顔で会釈してくる。

「こんにちは、買い物ですか?」

わたしはぎこちなくうなずいた。

「さっきまで秋穂ちゃんと大隈《おおくま》公園でピクニックしてたんです。秋穂ちゃん、手作りのお弁当持ってきてくれたんですよ。前に先生が教えてくれた薔薇のパイもありました」

「そう、どうだった?」

「どれも全部おいしかったです」

よかったわねと笑顔でうなずきながら、頭の中はぐちゃぐちゃだった。

「元気ないですね。なにかあったんですか」

心配顔で問われ、混乱はさらに深まった。金沢くんは真実の愛に身を捧げたロミオなのか。それとも物騒な現代の小四フェチなのか。問うべきか、問わざるべきか。それが問題だ。あのときハムレットさんはどうしたのだっけ。

「さっき、金沢くんの知り合いに会ったんだけど」

わたしは問うことにした。黙していい事案には思えない。

「え、誰だろう」

穏やかに首をかしげる金沢くんと小四フェチという言葉は、どうしてもイコールにならない。あの子たちの勘違いじゃないだろうか。そうであってほしい。

「金沢くんが、昔親しくしてた女の子の友達だって言ってた。中学のときとか、高校のときとか、金沢くんが、その……特に親しくしてた女の子の友達だって……」

遠慮がちに言葉を紡いでいく。わたしがなにを問いたいのかを察し、金沢くんの顔からすうっと笑みが消えていく。目が午後の海のように凪《な》いでいく。けれど穏やかな印象は受けなかった。金沢くんの目は、嵐の前のような不穏さに満ちている。

「そうですね。僕は小さな女の子が好きです」

怖いほどの無表情と言い切りに、こちらが絶句してしまった。

信用を裏切られた落胆と腹立ち、秋穂ちゃんの両親にどう報告すればいいのかという不安と焦燥、軽率な自分への怒り。倒したペットボトルからどくどくとあふれる炭酸飲料のように負の感情が噴き出してくる。対処できずに茫然とするしかない。

「でも僕は誰にも、なにも、嘘はついてません」

意味がわからない。黙って通路で向かい合っているわたしの後ろ膝に、走ってきた小さな子供がぶつかった。膝がかくりと崩れ、よろめいたわたしを金沢くんがとっさに支えてくれた。お母さんらしき女性からすみませんと謝られる。

「歩きながら話しませんか。通路だと邪魔だし、誰かに聞かれるのも嫌なので」

先に金沢くんが歩き出し、少し遅れてついていく形になった。

問うわたしより、問われる金沢くんのほうが落ち着いているのが不思議だった。

「僕は小さな女の子が好きです。でも誰にも、ひとつも、嘘はついてません」

にぎやかな駅ビルから出ると、金沢くんはぽつぽつと話し出した。黒と白の鯨幕《くじらまく》に似た横断歩道を渡る。明るさが一欠片もない今の金沢くんの横顔によく似合う。

「小さい女の子が好きだと言っても、誰でもいいわけじゃないですよ。僕が好きになるのは、いつも大きな目をした猫みたいな子です。性格は勝ち気なほうが好きだし」

「あの、そういう個人的な趣味の話はひとまず置いておかない?」

「不愉快なことを聞かせてしまって申し訳ないんですが、小さい子が好きだというと、小さかったら誰でもいい、見境のない変質者みたいに思われることが多いんです。でもうる波先生だって、男なら誰でもいいわけじゃないんでしょう?」

「当たり前でしょう」

声に怒りがこもったが、金沢くんは構わず話し続ける。

「異性愛者の人だって男なら誰でも、女なら誰でもいいわけじゃない。それはすごく大きな枠組みの話であって、そこから自分の好みの外見や性格の人を選んで恋愛をする。僕もそれと同じです。ちゃんと好みがあって、好きになる」

落ち着いた話し方に、思わず相槌を打ちそうになったけれど——。

「その言い分は通らないと思う」

「どうしてですか？」

「相手はまだ子供じゃない。小学四年生。十歳」

「何度も言いますけど、僕は性的な意味で相手に触れたことはありません」

わたしは金沢くんを見た。きっとすごい疑いの眼差《まなざ》しで。

「僕は小さな子を欲望のまま襲ったことはないし、言葉巧《たく》みに言いくるめて悪戯《いたずら》をしたこともありません。デートだって動物園や水族館に行ったりするだけです」

そう言ったあと、ふと目を伏せた。

「信じてもらえないでしょうけど」

金沢くんは短い溜息をついた。

「……金沢くん、どうして怒らないの？」

わたしの中に初めて疑問が広がった。

「怒っても仕方ないですし」

「それが不自然に映るの。好きな子とつきあっているのに、そういうことができないのは男の子としてつらいことでしょう。でも金沢くんは自戒してこらえてる。なのに疑われたら普通は悔しいし怒ると思う。自分の潔白を証明しようとするものじゃない？」

「……普通かあ」

金沢くんは秋の空を見上げた。とても疲れているように見える。

「普通ってなんですか?」

「え?」

「僕は、そういうことをしたいと思わないいんですよ」

抑揚《よくよう》のない言いかただった。

「自分でもほとんどしませんし」

デリケートすぎる告白に、わたしはなにも言えなくなった。

駅近くのにぎやかな一角をすぎると、あたりは古くからの住宅街になる。爽《さわ》やかな香りを放つ金木犀《きんもくせい》の生垣が続く小道を歩きながら、金沢くんは淡々と話し続ける。

「頭を撫でたりとか、手をつないだりとかいうスキンシップはいいんですけど、それ以上になるとなんか……嫌になっちゃうんですよね。だから秋穂ちゃんの親やうる波先生が心配するようなことは一切してないし。秋穂ちゃんだけでなく誰ともしていない」

それは安心——とは言い切れなかった。

「どうしてなのかわからないんです。性的なトラウマとか心当たりないし、こんなこと親や友達にも相談しづらくて、ネットで同じ悩み持ってる連中とネタにして笑ってます。植物男子って言いかたがあるけど、それを通り越して絶食男子かって」

金沢くんは全然楽しくなさそうに笑った。

「僕は秋穂ちゃんが好きです。でも長続きしないと思います」

「どうして？」

「だってそのうち大人になるじゃないですか。それに相手も少しずつ性的なことを意識しはじめるし、僕はそういう空気を出されること自体苦手なんです。だから前の彼女も前の前の彼女も、そういう気配を感じたあたりで僕のほうから別れようと言いました」

「それは……ちょっと勝手すぎない？」

「勝手じゃない恋愛ってありますか？」

即座に問い返された。

「異性愛者は相手が異性であるという前提で恋をするし、同性愛者だったら相手が同性であるって前提で入る。それと同じで、僕は少女であるってことを前提にして恋愛に入るんです。相手も同じ気持ちだったらつきあうし、気持ちが離れたら別れる」

別れるきっかけは人それぞれだと思うけど、と金沢くんは話し続ける。

「恋人の性別がいきなり変わったら、別れる人のほうが多いんじゃないですかね。それと同じで、相手が少女じゃなくなったから別れる。どこも破綻してないと思います」

「理屈だけなら破綻はしてない。でも感情として許されないでしょう」

「恋愛って感情でするものじゃないんですか？」

わたしは返事に詰まった。

「許されないとして、だとしたら僕はなんの罪になりますか?」

金沢くんは次々とわたしの逃げ場を塞《ふさ》いでいく。

「身体には触れてない。ただ心だけで誰かを好きになる。それは罪ですか?」

それは、いつもわたし自身が問いかけていることだった。

「……いいえ」

わたしは首を横に振った。

「僕は心の中でまで、世間の人たちに合わせなくてはいけませんか?」

「……いいえ」

わたしは何度も首を横に振った。

「心は自由だと思うわ」

想うだけなら、誰が誰を愛そうと自由だ。共通点なんてなにもないのに、わたしたちはとてもよく似ている。けれどこの共感に喜びはなかった。

「ありがとうございます」

金沢くんは微笑んだあと、ふいに泣きそうな顔をした。それを隠すように頭を下げた。

「迷惑をかけて申し訳ありませんでした。教室は辞めます」

去っていく背中に、わたしはなにも言えなかった。

彼は最後まで淡々とした説明に終始した。それを開き直りには感じなかった。破綻していない理屈で自分を包み込んでおかないと、簡単に傷つけられてしまうことを彼は充分に学んでしまったのかもしれない。今までたくさんの嘲《あざけ》りや決めつけに痛めつけられてきたのかもしれない。だからといって、わたしも同じよと手を差し出す気にはなれない。ある意味、金沢くんはわたしよりも理解されない恋をしている。

子供は社会全体で守りましょう。

世界共通の素晴らしい考えかただ。わたしも賛成だ。

彼は世界からはじき出されている。

「うる波ちゃん」

ぼんやり立ち尽くしていると、西島さん夫妻と出くわした。

「どうしたの、こんなところでぼうっとして。お買い物行ってきたの？」

西島さんはわたしの手荷物を見た。西島さんはコンビニの袋を持っている。

「この人が急にプリンが食べたいっていうから。底の針を折るやつ」

「あれはおうちでは作れないですね」

そうなのよと西島さんが顔をしかめる。

「もちろん家で作ってもらうプリンが一番おいしいけど、ほら、たまにはね」

横から旦那さんがフォローを入れる。いつも平和的で、西島さん夫妻を見ていると世の中は善良なものだけでできていると思える。そんなことはありえないのに。爽やかな秋晴れの午後、わたしたちの足元にも影はある。ただそこに立っているだけで。

「どうしたの。なんだか元気ないわね」

いつも安定している二人に、わたしは甘えたくなった。

「西島さんたちは、人に言えない秘密ってありますか？」

西島さん夫妻はまばたきをした。不躾《ぶしつけ》な質問をしてしまったと後悔する。取り消そうとしたが、西島さんは「どうしちゃったの」とおかしそうに笑った。

「秘密のない人なんて、いるわけないでしょう」

とても穏やかな笑顔で、二人は言い切った。


ただいまと声をかけたけれど、家の中はしんとしていた。わたしは買ってきたものを玄関に置いて奥のアトリエに向かった。陽の射《さ》さない北向きの和室。

少し開いた隙間《すきま》から、そっと中をのぞいた。そこにはやはりイーゼルに向かっている鹿野くんがいた。全体的に薄っぺらい。長い首、ゆるいS字カーブを描く猫背、骨ばった細い手首。うっとうしく伸びた前髪。表情を読みづらい、揺らぎのない横顔。

いつまでも見ていたい。少しでも長く見ていたい。

ささやかな願いだけれど、相手が幽霊になると途端に理解されなくなる。

「早く声をかけてくれないかな」

鹿野くんが口元だけで笑う。わたしがいることに気づいていたようだった。鹿野くんがこちらを向き、そして首をかしげた。

「どうしたの。おやつを取られた子供みたいな顔して」

西島さん夫妻と似たようなことを言う。わたしはそんなに情けない顔をしているのだろうか。わたしはアトリエに入り、甘えるように鹿野くんを後ろから抱きしめた。

「駅で金沢くんに会ったわ」

「へえ、なにか話した?」

鹿野くんがわたしの手に触れる。

「心は自由だって言ったら、ありがとうって言われた」

「立ち話ですごい話をするんだね」

「すごくない。普通の話よ」

あれは金沢くんの話だったし、わたしの話だった。

——ただ心だけで誰かを好きになる。それは罪ですか?

質問の形をしていたけれど、金沢くんの目は揺れていなかった。

不安だからこそ、強く自分に言い聞かせているようだった。

心は自由だと言いながら、相手が小さな女の子だと知れた途端、非難の的になる。身体には触れない、心だけといっても変質者だと思われる。なにかトラウマがあるのでは、心に闇を抱えているのではないかと、納得できる理由を探される。

男が女を愛するように、女が男を愛するように、自分でもどうしようもなく芽生える恋情をせめて否定されなかったこと、それだけのことが彼は嬉しかったのだ。

だから彼はありがとうと言った。

わたしは、それが泣きたいほど悲しいことに感じた。


その日の夕飯、わたしは残っていた朝食のサンドイッチと野菜スープを食べ、鹿野くんには秋鮭《あきざけ》をムニエルにしてあげた。鹿野くんは実際には食べないので、残った秋鮭は明日のわたしのお弁当になる。二人分の食事をわたしはひとりで食べる。

「なるほど。でも今ってそういう男も多いんだろう。植物なんとかとか。少なくとも淫行罪に問われることはないし、不幸中の幸いなんじゃない」

鹿野くんのウエットを排除した言いかたに救われた。

「それでもやっぱり、小さな子が好きっていう部分はわたしは受け入れがたい」

「女の人だしね、生理的な部分だからどうしようもないよ。そのことを金沢くん自身も嫌ってほど知ってるだろうし、あきらめてるからこそのあの落ち着きなんだろう」

「……そうね」

わたしが嫌悪を示しても、金沢くんは少しも悔しそうじゃなかった。あれはあきらめの顔だった。わたしはそんな金沢くんと自分を似ていると思い、一方で嫌悪している。金沢くんを嫌悪するわたしの心は、きっと幽霊の旦那さんと暮らしているのよと言ったときの周りのみんなの反応だ。相手を切る刃で、わたしはわたし自身を切っている。

「秋穂ちゃんのこともね。別れを切り出される理由が大人になったからなんて、努力でどうしようもできないことを理由にされるのはつらいと思う」

「でもそこは金沢くん自身も、努力ではどうしようもないところだから」

「………………そこが難しいところよね」

わたしは食べかけのサンドイッチをお皿に戻した。もう食欲がない。

「うる波ちゃんが悩むことないよ。そもそも恋愛なんて始まるときも終わるときもたいした理由なんてないんだから。一目惚《ひとめぼ》れなんてその最たる例だろう」

鹿野くんは鮭のムニエルを食べながら言う。ちょうどいい塩加減にしてあるのに、市販のタルタルソースを大量にかける。いつも通りの鹿野くんだ。

「鹿野くん、もしかして金沢くんの秘密を知ってた？」

「え、知らないよ？」

「でも前にハッピーエンドかどうかはまだわからないって意味深に言ってたし」

「ああ、あれね」

「なにか隠してる？」

探るように見ると、鹿野くんは「たまたまだよ」と前置いた。

「ちょっと教室の女の子たちの話を聞いただけ」

あれは9月に入ってしばらくした頃だった。いつものように庭で鹿野くんが煙草を吸っていると、教室の女の子が外猫のタタンにおやつをあげにきた。そこで秋穂ちゃんの噂話を聞いてしまったらしい。

——秋穂ちゃんてさ、たまにひどくない？

——あー、高橋《たかはし》くんのこと？

——優佳《ゆうか》ちゃん、三年生のときから高橋くんのこと好きだったのにね。

——優佳ちゃんが高橋くんのこと好きだって知ってから、秋穂ちゃん、急に高橋くんと仲良くなったよね。優佳ちゃんがそばにいるのに、わざと見せつけるみたいに。

高橋くんはおとなしい優佳ちゃんの好意には気づかず、かわいくて人気者の秋穂ちゃんからの好意にころっと落ちた。しかし二学期に入ると、秋穂ちゃんは急に高橋くんに冷たくなった。運命の人に出会ったと言い、高橋くんをふったらしい。

——すごく年上の彼氏ができたんだって。こっそり秋穂ちゃんが自慢してたよ。

――え、年上って中学生とか？

――大学生だって。

――ええー、すごーい。かっこいい。さすが秋穂ちゃんだね。

――でも、いつまで続くかわかんないよ。

そこで女の子たちは意味深に目配せを交わし合った。

――秋穂ちゃん、運命とか好きだもんね。

――ショーガイとかリャクダツじゃないと盛り上がらないって言ってるしね。

――でもうまくいき出すと、満足して飽きちゃうんだよね。

「困ったねって言いながら、くすくす楽しそうに笑ってるんだよ。そういえば女子ってこういう感じだったなって、俺も小学生のころを思い出した。女子はいつなんどきも女子なんだ。だから密かに金沢くんのほうに同情してたんだけど」

鹿野くんはなにもない宙を見上げ、

「みんな勝手でした、というオチだったね」

と笑顔に切り替えた。わたしはついていけずにぽかんとする。世の中は複雑で、完全な被害者も完全な加害者もいないと知っている。右手で誰かを傷つけて、左手を別の誰かに傷つけられている。わかっているけれど――。

「金沢くんと秋穂ちゃん、どっちが先に相手をふるだろうね」

おかしそうに問われ、わたしはようやく現実と向き合った。

「笑いごとじゃないでしょう」

「笑いごとだよ」

鹿野くんは言い切った。

「恋愛が事件になるのは当人にとってだけで、他人にはただの喜劇ってこともある。本人たちがよければそれでいいことなんだから、他人が悩んだって仕方ない」

だから気にせずにご飯を食べようと言われた。

わたしは複雑な気分で、食べかけのサンドイッチを手に取った。

わたしと鹿野くんの恋も、わたしと鹿野くんがよければそれでいい。そう信じて生きている。なのに心の底では、いつも誰かに肯定されたがっている。大丈夫、きみは間違ってないよと言われたがっている。わたしは弱くて、それをどうしようもできない。

「ねえ、鹿野くん」

「うん？」

「前に考えてたの。たとえばロミオとジュリエットが、もっと大人になってから出会ってたらどうだろうって。二人とも慎重に賢く立ち回って、根回しとかしちゃって、二人の結婚で争ってた両家は仲直りして、もっと栄華を極めたかもしれないなって」

「かもね」

「でも今思った。大人になって、うまく親を説得できたとしても、意外と盛り上がらなくて別れてたかもしれないなあって。ロミオもジュリエットも劇場型っぽいし」

「その可能性は高そうだ。もしくは出会っても恋に落ちなかったかも」

「そういうコースもあるわね」

「その場合、後世まで残る名作がひとつ失われる」

「でも死ななくてすむわ」

「うん、そうだ。二人とも死ななくてすむ」

鹿野くんは笑って鮭のムニエルを食べる。幻の鹿野くんがどれだけ食べても、お皿のムニエルは少しも減らない。どれだけ愛し合おうと、後世に語り継がれようと、死んでしまっては鮭のムニエル一片ですら咀嚼《そしゃく》できないという滑稽《こっけい》で悲しい現実。

「金沢くんと秋穂ちゃんが、ロミオとジュリエットみたいに死ななくてよかった」

小さい女の子が好きな自分に絶望しても、あきらめた笑みやガチガチの理屈で自分を守ってほしい。ドラマチックじゃないと盛り上がらない病《やまい》に罹《かか》っていても、次々彼氏を取っ替えて、存在しないかもしれない理想の王子さまを探す旅を続けてほしい。

「幸せになんかなれなくても、生きてるだけで丸儲《もう》けって誰かが言ってたな」

「死を基準にすると、ハッピーエンドのハードルが下がっていいわね」

「物語はすべて『みんな、なんとか生き抜いた』で終わる」

「殺人事件ばかり書くミステリー作家はみんな廃業」

わたしと鹿野くんはくだらない、たわいない話で笑い合った。

笑いながら、わたしは考えていた。

鹿野くんも生きていてくれればよかったのに。

どんな絶望を抱えていてもいいから、生きていてくれればよかったのに。

もう何万回考えたかもしれないことを飽きずに考えながら、今夜もわたしたちは向かい合い、幻の食卓を囲んでいる。

彼女の謝肉祭

非常勤講師として勤める高校でストーカー事件が起きた。校内一の美少女として名高い三年生の立花希《たちばなのぞみ》さんを、同学年の安曇清人《あずみきよと》くんが追いかけ回しているという。朝の申し送りで教頭から話があったとき、職員室には微妙な空気が流れた。

——今更、それ？

古株の先生たちの戸惑いが伝わる。校内でのストーカー事件という衝撃的な議題を受けても誰も驚かない職員室で、この件を告発した酒井《さかい》先生が立ち上がった。

「先生がた、だいぶ前からこの件を知ってらしたんですよね」

酒井先生は難しい顔で職員室内を見渡した。

「知っていてどうして放置していたんですか。この手の問題は少年犯罪に限らず、段々とエスカレートしていく傾向にあるのはご存知だと思いますが」

張りのある、よく通る声。今年赴任してきたばかりの酒井先生と、非常勤講師であるわたしはほとんど接点がないが、爽やかな外見で女生徒から人気があると聞いている。ちなみにわたしは苦手なタイプだ。声にわずかな金属質を感じる。

「二十八か……。ピチピチだなあ」

後ろで社会科のベテラン教師がぼそりとつぶやいた。面倒くささと羨ましさが入り混じった響きに思わず笑うと、酒井先生と目が合ってしまい慌ててうつむいた。

「むやみに問題を大きくしろと言っているのではなく、万が一のことが起きないよう教師が普段から目を光らせる、それを当人たちにわからせることが大事だと思います。加害者への牽制《けんせい》と被害者を守ることを一番に考えて――」

「こらこら、いきなり加害者・被害者なんて言葉を使うもんじゃない」

学年主任から待ったが入った。

「頭に血が上りすぎて、どっちも守るべき生徒なんだってことを忘れてないか?」

「……すみません。今のは言い過ぎました。でもおおごとに発展させないよう、教師が気を配るのは大事だと思います。生徒を公平に見るのはいいですけど、そこに囚《とら》われすぎて問題の焦点がぶれることが最悪なんじゃないでしょうか」

「そんなこと、今更きみに教えられんでもわかっとる」

酒井先生と学年主任の間で不穏なムードが生まれたが、

「あ、じゃあ先生がた、そろそろ授業に行ってください」

教頭先生が間に入り、ほっとした空気が広がった。先生たちが教材を手にぞろぞろと出ていく中、わたしも美術準備室に向かった。

「最後、ちょっとヤバかったわね」

現国の佐野《さの》先生が小声で話しかけてくる。年齢も近く、同じ非常勤の彼女とはたまにお茶や食事に行く仲だ。「教頭先生、困ってましたね」と笑うと佐野先生がうなずいた。

「安曇くんと立花さんのことはみんな知ってたわよねえ。先生だけじゃなく生徒まで。酒井先生は今年赴任したばかりだから驚いたのかもしれないけど」

「驚きを通り越してショックでしたよ」

突然声が割り込んできて、振り返ると当の酒井先生がいた。

「ストーカー行為も、それを先生がたが知っていて放置していることにもね」

正義は我にありというオーラに、わたしと佐野先生は目を伏せた。酒井先生はそれ以上は言わなかったけれど、顔にありありと「あなたたちサイテーです」と書いてあった。

——悪い先生じゃないけど、やっぱり苦手だなあ。

溜息をつきかけ、今が授業中だということを思い出した。

油絵の具独特の香りが充満する美術教室で、絵を描いている生徒の間をゆっくりと歩いて回る。一応中央にモチーフの果物を置いてあるけれど、今回の課題で三年生の美術は最後になるので、生徒には好きなものを描いていいと言っている。

自画像、風景、抽象。中にはアニメのキャラクターを描いている生徒もいて、指導を入れようかと思ったけれどやめた。高校を卒業したらもう二度と絵筆を取らないかもしれない生徒たちに、少しでも絵を描く楽しさを味わってほしかった。

おしゃべりがてら絵筆を動かす生徒たちの中に、ひとり真剣な目の男の子がいる。わずかにくせ毛のかかった黒髪に眼鏡《めがね》、瘦せた背中。なんとなく鹿野くんに似ているその子の名前は安曇清人くん。

うちの高校から唯一美大に進学を希望している生徒だ。一年生のころから美術予備校に通っていて、実技試験に必要な基礎はしっかり入っている。応用力も発想力もレベルが高いので、このままいけば希望大学に合格するだろう。

まだ十代なのに落ち着いた雰囲気の持ち主で、同級生とはしゃいでいるところは見たことがない。成績は得意な科目と不得意な科目の差が激しく、平均すると普通。生活態度も特に問題はなしとされていた。今までは……。

安曇くんは、朝のストーカー事件の『加害者』として名前が挙がった子だ。校内のことにうといわたしだけれど、二年の三学期くらいから、安曇くんが同学年の女子である立花さんを追いかけていることは噂で聞いていた。

立花さんの教室移動に合わせて廊下に出て、小声でなにかを囁いていったり、頻繁にひとけのない場所に呼び出してプレゼントを渡したりするらしい。それまでの地味な男子という印象から、一気に気持ち悪いストーカーと認定されて騒がれたけれど、

——あんなのどうでもいいよ。

と追いかけられている立花さんが完全放置を決め込んだ上、

——他人のことでああだこうだ騒いでるやつらって暇なの？

とまで言われ、周りははしゃげない空気になってしまった。

安曇くんにとってはよかったけれど、ずいぶん剛毅《ごうき》な女の子だと思った。ストーカー行為なんて女性には恐怖以外のなにものでもないだろうに。いったいどんな子なのか。立花さんは美術を選択していないので、わたしは名前を聞いても本人と一致しなかった。

そして初めて立花さんを見たとき、妙に納得したのだ。

校内一の美少女と聞いていた通り、立花さんはかわいかった。明るく染められた長い髪に素晴らしく大きな瞳、長い睫《まつげ》。なによりスタイルが飛び抜けている。ぴたりと張りつくスキニーパンツが、細くて長い足や小さなお尻を強調していた。

うちは県内で唯一私服通学が認められている高校で、制服も一応あるけれど式典以外で着る生徒は少ない。ファッションは生徒をグループ分けするアイテムで、立花さんは明らかに派手な権力者グループ、その中でも頂点に属する女の子だった。

——すごく気が強そう。

それが第一印象だった。しかもいつも派手な男の子たちに囲まれていて、ほっそりとした文系男子である安曇くんを恐れる理由はなさそうだった。

他の先生たちも似たような感想で、思春期の恋愛事情ということも加味して、様子を見つつも踏み込みすぎないようにという扱いに落ち着いていたのだ。

どちらの生徒もきちんと見た上での判断だったのだが、赴任してきたばかりの若くやる気に満ちた酒井先生には、責任放棄のことなかれ主義に映ったのだろう。それまでゆるく見守られていたことを、徹底追及しようとしている。

——なんでもかんでも白黒つけなくていいのに。

安曇くんも立花さんも受験を控えた大事な時期だ。そんなときにこんな微妙な問題を取り上げるべきなんだろうか。二学期が終われば三年生は登校しなくなるのに、今更騒ぎ立ててどうするのか。担任も学年主任も教頭もさぞ頭が痛いだろう。

四時間目が終わり、わたしは準備室でお弁当を広げた。職員室は人の出入りもあって騒がしい。今日のお弁当はサンマの香り揚げと椎茸の旨煮《うまに》、栗ご飯。昨日の鹿野くんの夕飯だ。いただきますと手を合わせる。あんな画材の匂いがする部屋でよく食事ができますねと言われたことがあるけれど、わたしには慣れ親しんだ香りだった。鹿野くんの髪や指先からいつも漂っている、懐《なつ》かしい、愛《いと》しい香り。

食べ終わったあと職員室に戻る途中、面談室から安曇くんが出てくるのが見えた。一礼して本校舎に戻っていく。入れ違いに担任の先生が出てきた。

「安曇くんと話をしたんですか？」

問うと、三十半ばの男性教師は苦笑いを浮かべた。

「若い子の恋愛に首を突っ込むのは嫌だったんですけどね、議題に出されてしまっては担任として一応なにかしておかないと」

「わかります」

「でも実を言うと、俺としては立花より安曇のほうが心配なんですよ。あいつは遠慮がちというか、気弱というか、なにかすぐ思い詰めそうな感じがあるでしょう」

「え、そうですか?」

わたしは首をかしげた。

「いざってとき、腹割って話せる友達がいないのが一番心配なんですよね」

「大丈夫だと思いますよ。安曇くん友達いますから」

「ええ、誰ですか?」

「一年生のころから通ってる美術予備校のほうに親しい子が何人か。同じ美大を受けるグループみたいで、興味のある個展なんかをよく一緒に回っていると聞いてます」

ああーと担任教師は大きくうなずいた。

「そうか、安曇みたいなタイプは価値観が合うってことがまずは大事ですからね。そうかそうか、よかった。やっぱりあれですか。鹿野先生とも美術をきっかけに話を?」

「はい、亡くなった主人の絵を好きだと言ってくれて」

「なるほど。そういうつながりですか。いや、でも安心しました。俺は安曇とはなかなかうまく話ができなくて。ほら、俺、体育教師でしょう。安曇みたいな文化系が好む話がわからないんですよ。向こうは向こうでこっちを脳筋と思ってるだろうし」

「そんなことないですよ」

わたしは笑ってしまった。

「お手数ですけど、しばらく鹿野先生も安曇のことを気にかけてやってくれますか」

わかりましたとうなずき、わたしは職員室に戻った。

今回のストーカー事件を、ほとんどの教師は深刻に受け取っていない。けれど安曇くん自身は誤解されているのだと知った。これは意外なことだった。担任教師ですら安曇くんを気弱と言ったけれど、わたしはまったくそうは思っていない。

彼の内側は、それとは逆のもので満ちあふれている。

「おまえさあ、いいかげんにしてくんね?」

ふいに男子生徒の声が耳に入った。見ると、前方の特別校舎の渡り廊下に男子生徒がたまっている。派手な服装の男の子たちに囲まれ、こちらに背を向けている男の子は安曇くんじゃないだろうか。濃いグレーのセーターは今日の授業で見たばかりだ。

「希の公認ストーカーとか言われて調子のってんじゃねえぞ」

「黙ってないでなんか言えっつの」

どう見ても絡まれているようで、わたしは渡り廊下を早足で進んだ。

「あ、安曇くーん、ちょうどよかった。課題のことで話があるんだけど」

さりげなさを心がけたつもりだったけれど、わずかに声が震えた。高校生といっても、自分よりも背の高い男の子たちの中に割って入るのは怖い。

「課題？　なんでした？」

緊迫した空気にもかかわらず、安曇くんはごく普通に振り向いた。

「あ、ここじゃなんだから職員室にきてもらえるかな」

わたしは安曇くんではなく、取り囲んでいる男子生徒たちに目を向けた。みんな大きな身体をしているけれど、教師が出てきたことでまずいという顔をしている。けれど安曇くんの正面に立つ男の子だけは怖い顔を崩さない。

「先生、悪いけどあとにして。今は俺らが安曇と話してるから」

「なんの話？」

「先生には関係ないし」

と男子生徒が眉根を寄せたとき、

「あんたにも関係ないんですけどー」

と男の子たちの後ろから声が聞こえた。男の子たちをかきわけて現れたのは、華奢《きゃしゃ》なシルエット、すらりと伸びた長い足が美しい立花さんだった。黒目がちな大きな瞳で見つめられ、なぜかわたしまでどきりとしてしまった。

「あんたたち、あたしに一言もなく、なに勝手に呼び出しとかしてんの？」

「悪かったよ。けど職員室で話に出たんだろ。先生らが絡んできたら、さすがにしゃれにならんべ。一回びしっと言っとかないと、俺も彼氏としての面子《メンツ》あるし」

「めんつー？」

立花さんはきゃははとおかしそうに笑ったあと、腕組みで彼氏である男の子をにらみつけた。明るい栗色に染められた髪が、午後の日差しに王冠のように光っている。

「あたしがどうでもいいって言ってるの。あんたの面子なんか知らないよ」

「……ちょ、その言いかたはどうよ」

彼氏が立花さんの手を取ろうするが、邪険に払いのけられた。

「あー、うっざ。余裕のない男ってほんとやだー」

立花さんはふんと鼻を鳴らし、さっさと校舎に戻っていく。彼氏や他の男の子たちが慌ててそれを追っていく。家来にかしずかれる女王さま御一行のようだった。

それにしても、美人は怒っていても美しいのだと感心した。きつい態度や物言いもさまになっていたし、スキニージーンズに包まれた小さなお尻が小悪魔を主張している。この先、さぞかし泣かされる男の子が出てくるのだろう。

「先生、話ってなんですか」

同性のお尻に見とれていたわたしは我に返った。

「あ、ああ、えっと……今回の課題のテーマについてなんだけど」

安曇くんのプライドを考慮して適当にごまかした。いじめに恋愛問題。どちらもプライベートに深く関わる問題なので、ここはオブラートに包んだほうが無難《ぶなん》だ。

「いじめられてるとこ、助けてくれたんですよね？」

こちらが用意したオブラートを安曇くんはばりっと剝がし、さらにありがとうございますと頭まで下げた。虚勢も見栄《みえ》もない態度にわたしは拍子抜《ひょうしぬ》けし、やっぱり安曇くんてこういう子よねと内心うなずいた。物静かだけれど、けっして気弱ではない。

「さっきみたいなこと、よくあるの？」

「いえ、初めてです」

「担任の先生に報告したほうがいい？」

安曇くんは「いいです」と簡単に答えた。

「俺が立花をストーカーしてること、先生たちの会議になったんでしょう。今までは黙認されてきたけど、公になった以上彼氏として釘《くぎ》さしとかないと立場ないんだろうし、馬鹿らしいと思うけど、気持ちはわからないでもないから」

大人だなあと感心しながらも、「俺が立花をストーカーしてる」とあっさり口にしたことに驚いた。噂を聞いていても、わたしは話半分にしか聞いていなかったのだ。

「一発くらい殴られるの覚悟してたんですけど」

安曇くんが言い、わたしは慌てて駄目よと言った。

「美大は実技があるんだから、受験前に怪我でもしたら大変でしょう。立花さんだって自分が原因で暴力沙汰になるのは嫌だと思う」

「あいつなら、もっとやれって言いそうだけど」

「そんなこと……」

ないわよと言いかけ、あるかもと思い直した。五時間目の予鈴《よれい》が鳴る。

「先生、今度また家に行ってもいいですか。鹿野さんの絵を見せてください」

「うん、いつでもどうぞ」

安曇くんはどうもと頭を下げて、何事もなかったかのような足取りで走っていった。


「職員室で自分の恋愛が議題に上るって拷問だな」

帰ってから、いつものように縁側で鹿野くんと並んでお茶を飲んだ。お茶受けのたい焼きは西島さんからのいただきもので、二匹並んだたい焼きにはたっぷりあんこが詰まっている。わたしは半分に割って食べ、鹿野くんは尻尾《しっぽ》からかじる。

「酒井先生の言ってることは間違ってないし、か弱い女生徒を守らなくてはって言われると、そうですよねってうなずくしかないんだけど、でもなんとなくなんというか」

「最初から正論でこられると、議論するまでもなくそれ以外のすべてが粉砕されるからなあ。こっちは言いたいことをなにも言えないっていうストレスはたまる」

「それね。伝わってよかった」

正論は刃物に似ている。どっちも出されると抵抗できない。

「で、安曇くんのストーカー事件って事実なの？」

わたしはうーんとたい焼きをかじった。

「立花さんの彼氏に殴られるのを覚悟してるって言ってたけど」

「じゃあ本当なのか。けど安曇くんのイメージじゃないなあ」

鹿野くんは珍しく心底驚いた顔をした。


安曇くんとは二年と少し前、国内の若手幻想画家展で知り合った。鹿野くんと懇意にしていた画廊オーナーの主催で、鹿野くんの絵も展示されていた。

わたしは鹿野くんと一緒に初日に顔を出した。もちろん鹿野くんの姿はわたし以外には見えないけれど、鹿野くんは久しぶりに会う知人を懐かしげに眺めていた。

そんな中、すうっと風のように入ってきたのが安曇くんだった。大人ばかりの中を物怖じすることなく、ひとりでゆっくりと作品を見て回る、鉛筆のような細い身体は目立った。安曇くんは鹿野くんの絵の前で立ち止まった。しばらく見てから移動し、一通り見たあと、また鹿野くんの絵の前に戻ってきた。じっと貼りついたように動かない瞳。

「あの子、なんとなく鹿野くんに似てるね」

隣の鹿野くんに小声で囁いた。

「そう？」

「目がね、キャンバスに向かってるときの鹿野くんに似てる」

すると鹿野くんは意外なことを言った。

「声かけてよ」

「わたしが？　なんで？」

「俺に似てるっていうあの子が、俺の絵のなにに惹《ひ》かれてるのか聞いてきて」

そう言われても、知らない男の子に自分から話しかけるなんて、わたしにはハードルが高すぎる。無理だと言っているのに、しつこく頼まれて根負けした。

「その絵、好き？」

勇気を出して話しかけると、安曇くんが振り向いた。せっかく楽しんでいるのに邪魔しないでほしい。そんな目をしていて、ますます鹿野くんに似ていると思った。

「いきなりごめんなさい。それ、わたしの旦那さんの絵なの」

「そうですか」

迷惑そうな表情は変わらない。この絵を描いた人と、その奥さんというつながりに彼は価値を見出《みいだ》さないタイプだとわかった。それがなにか？　という目をしている。

「邪魔してごめんなさい。旦那さんが絵の感想を聞いてこいってうるさいから」

「作者がきてるんですか？」

安曇くんの目に少年らしい好奇心が浮かんだ。

「話、できるんですか？」

「あ、えっと、旦那さんはわたしの隣にいるんだけど……」

安曇くんが左右に視線を動かす。鹿野くんはわたしの隣にいるけれど、わたし以外の人には見えない。見知らぬ男の子に声をかける女だと思われたくなくて、思わず口を滑《すべ》らせたものの、事態はさらに嫌なほうに転がった。わたしはやけくそで笑顔を浮かべた。

「旦那さんは死んだの。でも今もわたしの隣にいるのよ」

案の定、安曇くんはおかしな顔をした。ああ、もう駄目だ。

「じゃあ、ごゆっくり」

わたしはそそくさとその場を立ち去った。

「うる波ちゃん、聞きたいことなんにも聞いてないよ」

「もう嫌よ。絶対に変な女だと思われた」

顔が赤く染まるほど恥ずかしい。

「鹿野くんが無茶なこと言うからよ」

小声で文句を言い、ギャラリーをあとにした。

その翌週、放課後の美術準備室に安曇くんが訪ねてきたときは驚いた。

「俺はすぐに鹿野先生だってわかったけど」

ふっと鼻で笑われ、わたしは今度こそ逃げることはできず、ごめんなさいと深々と頭を下げた。生徒の顔を覚えていなかった上に、おかしな発言をした。最悪だ。

「仕方ないよ。入学してまだ二ヶ月だし」

逆に慰められてしまい、わたしは居たたまれなくなった。

「からかおうと思ってきたんじゃないです。こないだ先生すぐに帰ったから、あの絵のなにに惹かれたのかちゃんと伝えようと思って」

「あ、うん、それは教えてほしい」

わたしは背筋を正した。

「最初は油彩とは思えない透明感に目を持っていかれました。分厚い塗りなのに、近くに寄って見ても本当に水面が光ってるように見えた。ガラスを砕いたものを塗り込めてるみたいで、どうやったらこんなふうに描けるんだろうって」

静かな口調は、逆に高揚《こうよう》を抑えつけているように聞こえた。安曇くんの頬に西日が当たっている。眩《まぶ》しそうに目を眇《すが》める様子が、少年らしさにあふれていた。

「でも見ていて、少しいらいらしました」

「どうして？」

「俺は気に入った絵の中に入り込みたいんです。でも、あの絵にはどこにも入り口がなかった。すごく好きだけど……拒絶されてる感じがしました」

鹿野くんに聞かせてあげたいと思った。あの絵のタイトルは「untitled」。鹿野くん自身の中から生まれたのに、答えを出しようがない閉じた世界を描いたものだった。

「ありがとう。鹿野くん、喜ぶと思う」

「鹿野さん、亡くなったんですか？」

「うん、一年くらい前にね」

「今も隣にいるんですか？」

答えることに躊躇した。教師が生徒に、死んだ夫の幽霊が見えるなんて言ってはいけないなとか、噂になったら面倒だなとか。けれどもう今更だった。

「学校にはさすがにこない。今は家で絵を描いてるんじゃないかな」

それか昼寝か散歩と言うと、安曇くんはうなずいた。

「鹿野さん、新しい絵を描いてるんですか？」

すごく自然に問われたので、わたしのほうが驚いてしまった。

「信じたの？」

思わず問うと、

「嘘なんですか？」

逆に問い返された。

「嘘じゃないわ。でも、あんまりすんなり話を進めるから驚いたの」

嬉しいのか困っているのか、わたしの中で複雑な気持ちが生まれた。ああ、はいはいと軽く流されているのかもしれないという不安もあった。しかし安曇くんは違った。

「そんな反応ばっかりされてたんですね」

あの瞬間、どうして泣きそうになったのかわからない。わたしは唇を噛んだり、そっとスカートの布地をにぎりしめたりしたけれど駄目だった。

じわじわと目が濡《ぬ》れてきて、安曇くんはポケットからハンカチを取り出した。くしゃくしゃに皺が入ったそれを見て、渡していいかなというふうに首をかしげ、まあいいかというふうに無造作に差し出してきた。一連の動きに妙に笑いを誘われた。

「ありがとう。でもいいわ。持ってるから」

わたしは自分のポケットからハンカチを取り出した。

「くしゃくしゃだから断ったわけじゃないのよ？」

一応言っておくと、安曇くんはふっと笑った。

「鹿野さんの絵をもっと見たいんですけど、どこに行けば見られますか?」

「個人やギャラリー所有のものと、あと特別に気に入っていたものはうちにあるわ」

「見せてもらうことはできますか?」

「鹿野くんに聞いてみる。多分いいって言うと思う」

そんなふうに、安曇くんはうちに出入りするようになった。


「安曇くんがストーカーかあ」

鹿野くんが感慨深そうにつぶやいた。

「ちょっと予想外な方向だったけど、大人になったんだなあ」

「そうねえ。初めて会ったときはまだほんとに少年って感じだったのにね。でもあのころからもう飄々《ひょうひょう》としてたというか、超然とした雰囲気はあったけど」

自分だけの世界があって、ひとりでいることを恐れない。友達がいないことは死に等しいという学生時代のある種の強迫観念から解放されている。年齢を考えると驚異的なことだけれど、それを理解できるほど周りがまだ成熟していない。

「年齢に関係なく、ひとりでいられない人はいっぱいいるけどね」

鹿野くんはそう言い、皿に残っているたい焼きに手をつけようとしたので、駄目と軽く叱りつけた。鹿野くんがいくら食べても現実のたい焼きは減らないし、そういう理屈でいうと、鹿野くんは永遠にたい焼きを食べ続けることができる。けれどそれはしまりのないことなので、わたしはルールとして禁止している。

「俺の存在自体がデタラメだから、いいんじゃないかな」

「だからこそ、きちんとしたいの」

鹿野くんの存在が不安定だからこそ、周りを確かなもので固めたい。食事は二人分作るし、たい焼きは無限に食べ続けない。お布団は二組敷く。歯ブラシも二本。神は細部に宿るという建築家の言葉もある。ディテールはとっても大事ということだ。

「わかったよ。たい焼きは我慢する」

残念そうに言ったあと、鹿野くんは話題を戻した。

「にしても、安曇くんはうる波ちゃんのことが好きなんだと思ってた」

あのねえ、とわたしはあきれた目を向けた。

「あるわけないでしょう。いくつ離れてると思ってるの？」

「でも高校生くらいのときって、年上の女教師に憧れるものだよ」

「鹿野くんの言うことはアテにならない。金沢くんのとき大恥かいたんだから」

「ああ、あれね」

鹿野くんは思い出し笑いをした。妻が心配するほど亭主もてもせずの逆パターンだ。わたしの責任ではないのに、期待を裏切って申し訳ないという気持ちになるのが理不尽だと思う。鹿野くんはわたしの気持ちなどお構いなしに話を続ける。

「安曇くんの相手って、どんな感じなの？」

「うーん、ギャルとお姉さんの間くらいかな」

その二つの違いがわからないと鹿野くんが首をひねる。

「特にメイクが濃いとか服装が派手っていうわけじゃないんだけど、とにかく美人でスタイルがいいから目立つ感じ。集団の中にいてもパッと目を引く。性格も女王さまみたいだし、それがまた似合ってる。スクールカーストの最上位なのは間違いない」

鹿野くんは興味深そうな顔をした。

「安曇くんが恋する相手としては意外の二重奏だな」

「わたしはなんとなく黒髪の清楚な感じの子を想像してた」

「それはそれで似合いすぎでおもしろみに欠ける。安曇くんと黒髪清楚の女の子の組み合わせって、向かい合って永遠にお茶飲んでる想像しかできないよ。ギャルに振り回される安曇くんという組み合わせのほうが断然楽しそうだ」

「人の恋愛でおもしろがらないように」

けれど現実、状況は鹿野くんを楽しませる方向に進んでいる。安曇くんが追いかけている立花さんはつきあうまでにも、つきあってからも高いハードルが待ち構えている。

「立花さんはすごい小悪魔らしいわ」

「小悪魔？」

「短い間に彼氏を取り替えるんだって」

立花さんは素晴らしい美少女で男の子に人気はあるが、人の彼氏だろうが気に入ったら構わず略奪し、二、三ヶ月で無情に捨てるので女の子たちから恐れられている。

「すごいな。そこまでいくと、さすがに安曇くんが好きになった子だけあるって思えてきた。悪評が限界までくると高評価に方向転換する現象があるけど、それに似てる」

鹿野くんはますます興味を示し、他にはないのかと聞いてくる。

「そうねえ。体育には一度も出席したことがないとか」

「ギャルだから？」

だからギャルじゃない、と訂正を入れるのはあきらめた。男の人にギャルとお姉さんの服装の違いを説明できるほど、わたしもファッションに詳しくない。

「身体が弱いって病院の診断書が出されてるみたい」

「身体の弱いギャルっているんだ？　がんがんいこうぜってイメージだった」

「わたしも似たような感じに思ってたんだけど」

実際、立花さんが所属する派手なグループは行動的だ。放課後まっすぐ家に帰るなんて屈辱だと思っている節がある。知り合った子とはとりあえずアドレスを交換する。個人的に連絡を取ることがなくても、余白を残さないためにとにかく埋める、埋める、埋めまくる。余白の美という概念がなく、よく疲れないなと感心してしまう。

「まあつまり、サボりの可能性が高いと」

「どうかなあ」

明言は避けた。とはいえスクールカースト上位の子たちは体育が嫌いだ。女子はメイクや髪型が崩れるから。男子はだりー一択。わたしも体育は苦手だったので気持ちはわかるけれど、医者の診断書まで用意するなんて気合が入っている。

安曇くんは立花さんのどこを好きになったんだろう。情報を整理するほど、ミスマッチさが際立つ二人だ。けれど理屈では片づけられないのが恋でもある。自分に似ているからとか、自分にないものを持っているからとか、周りが納得する理由はひとつもなく、なんの手順も踏まず、いきなり事故みたいに発生することもある。

「なんにせよ気になる二人だな。成就するかどうか賭《か》ける?」

「安曇くんが知ったら怒るわよ」

「怒らないよ。あの子は」

鹿野くんは縁側に後ろ手をついてのんきに笑った。

そんな話をした翌週、安曇くんがうちにやってきた。

受験の実技にもあるデッサンを見る約束をしていたのだが、見るのはわたしではなくて鹿野くんだ。安曇くんは鹿野くんが卒業した美大に進学を希望している。

「こないだ予備校で描いたものです」

布を持つ子供の手のデッサンだった。よくあるモチーフだけれど、布の質感と子供独特の肌のやわらかさが高校生離れした緻密さで描き分けられている。

「モチーフは布だけだったんですけど、『モチーフに手を加えて自由に描きなさい』って問題だったから、手を入れときました」

「え？」

しばらく考えて、ようやく理解してわたしは笑った。

「『手を加えて』だから、子供の手を描き足すってなぞなぞじゃないんだから」

しかし隣で鹿野くんが「それで正解」とうなずいた。

「うちの大学、こういうアホらしい引っ掛けをたまにするからその対策だね。モチーフを正確に描けるかと、自由な発想力と、問題を正確に読む力を見てる」

わたしは半信半疑の目で鹿野くんを見た。

「安曇くん、鹿野くんがこれ引っ掛けだって言ってるけど本当？」

「はい。予備校でも半分ほど引っ掛かって、みんなぶーぶー言ってました。でも実際に定期的に実技でこういう出題がされるらしいです」

そう言ってから、安曇くんはわたしの隣のなにもない空間に目を向けた。

「鹿野さん、デッサン自体の出来はどうですか？」

安曇くんは見えない鹿野くんに語りかけた。

最初に話をしてからずっと、安曇くんは鹿野くんの幽霊がいる前提で話をする。家にくるのも鹿野くんの絵が好きで、鹿野くんの話が聞きたいからだ。見えない、聞こえないものを信じる。周りがどう言おうと、自分が信じるものに忠実でいる。安曇くんの強くて柔軟な心に、わたしは尊敬と感謝を捧げている。年齢の上下なんて関係ない。

「実技は余裕で合格レベルだと思うよ。問題は学科だけど大丈夫？」

鹿野くんの言葉を伝えると、安曇くんは顔をしかめた。がんばります、とやや声をひそめたところを見ると危ないのかもしれない。

「学科は国語と英語しかないんでしょう？」

「数学ならまだマシだったんですけど」

そういえば、安曇くんは各教科の差が激しいのだった。

「リカちゃん人形の捉《とら》えかたがどう変容していったのかなんて、死ぬほどどうでもいいし」

「なんの話？」

「去年の国語の試験問題です」

苦手な科目の上に、それは出題からしてやる気が減退しただろう。なにをどう捉えようと人の自由じゃないですかと、安曇くんは国語の授業を根底から崩壊させるようなことを言う。隣で鹿野くんがその通り、俺も国語は苦手だったとうなずいている。

「受験なんてさっさと終わってほしいです。早く好きなものを描きたい」

「入学しても一、二年は基礎と課題地獄よ」

「受験用のテクニックに追われるよりマシです」

美大の実技は受験に特化したテクニックを要求される。対象を正しく描くこと。豊かな発想と言っても、わかりやすい豊かさでなければいけない。わかるわかると鹿野くんがうなずき、わたしは口元だけで笑った。二人は本当に気が合う。

安曇くんが鹿野くんの絵を好きなように、鹿野くんも安曇くんの絵に惹かれている。光を淡く透過するフロストガラスのような鹿野くんの絵に対し、安曇くんの絵はもう何段か色目が強い。粗削《あらけず》りだけれど、伸びやかな筆使いに合っている。

——生きてるときに出会いたかったな。

以前、鹿野くんが言っていた。

デッサンを見たあとは志望大学について、鹿野くんが師事した教授について、わたしを通訳にして二人は話をした。夕飯のあと、安曇くんを送りがてら、わたしと鹿野くんも翌朝の豆乳を買いにいった。

「先生、夕飯ごちそうさまでした。おいしかったです」

「よかった。ハンバーグ作るの久しぶりだったんだけど」

「今日の鹿野さんの夕飯、明日の先生の弁当になるんでしょう?」

「そう。ハンバーグ弁当。ダイエットをする間もないの」

「先生、太ってないと思いますよ」

「そんなに気にしなくても、うる波ちゃんは普通だよ」

安曇くんと鹿野くんが同時に言う。わたしも太っているとは思わないけれど、太ってない、普通と言われても嬉しくない。痩せてるね、と言われたいのだ。

「俺は痩せた女は好きじゃないです」

——え、立花さんはとってもスリムだけど?

と内心で首をかしげたとき、後ろから若い男の子の声がした。

「あ、ストーカーじゃん」

振り向くと、細くて長い足をスキニーパンツに包んだ立花さんが立っていた。隣には立花さんの彼氏がいて、ストーカーと言ったのはこちらの彼氏のほうだった。

「おい、クソストーカー、希の周りうろちょろすんじゃねえって言っただろ」

いきなりすごまれ、安曇くんは怪訝そうに目を眇めた。

「普通に歩いてた俺に、おまえらが話しかけてきたっていう状況だけど?」

「うっせー、口ごたえすんな。ド底辺の性犯罪者野郎」

すごい。社会に出たらなにひとつ通用しない言葉遣いだ。この子は確か三年生のはずだけれど、あと五ヶ月で高校を卒業するというのに、こんなことでやっていけるのだろうか。そっちの心配をしていると、彼氏がわたしのほうを見た。

「つかおまえ、めちゃくちゃ年上の女連れてんな。彼女?」

好奇心の透ける目で見られ、わたしは脱力した。あなたの学校の教師です、こないだ渡り廊下で会ったでしょうと言いたかったけれど、その前に立花さんが答えた。

「ばーか、うちらの学校の先生だよ」

よかった。立花さんは三歩歩けばすべてを忘れる鶏頭ではなかった。

「さすがに高校生がこんなおばさんとつきあわないでしょ」

安堵した直後にぐさりとやられた。

「おまえ、ひでーな。先生結構かわいいじゃん」

二人はおもしろそうに笑う。自分たちはなにを言っても許されると思っている態度。わたしは熱心な教師ではないので、怒るよりも関わりたくないと思ってしまった。

「あなたたち、もう八時過ぎてるから早く帰りなさいね」

適当に教師らしい言葉で締めくくろうとしたけれど、

「男子高校生を家に引っ張り込むような教師に言われたくないんですけどー」

「え？」

「先生んち、この近所よね？」

じろりとにらまれた。最近、生徒への体罰や虐待に学校側は過敏になっている。中でももっとも不名誉なのが淫行だ。淫行。その響きに血の気が引いた。安曇くんはわたしではなく、わたしの死んだ旦那さんに会いにきているだけです。そんなふざけた言い訳は通用しない。たとえ真実であろうとも。

「男子高校生はおばさんとつきあわないって、おまえが言ったんだろう」

黙っているわたしに代わって、安曇くんが冷静に言い返した。

「あたしはそう思うけど、人の好みはそれぞれだし、おばさん好きな高校生がいてもおかしくないんじゃない？　安曇とおばさん、まあまあお似合いじゃん」

わたしを挟んで、二人でおばさんおばさんと連呼するのはやめてほしい。

「安曇くん、そこはおばさんじゃないって否定しようよ」

隣で鹿野くんが余計な突っ込みを入れたせいで、わたしの傷心は深まった。

「家で二人きりで男子生徒と会ってるなんてばれたら、先生、困るよね」

立花さんがふふんと顎《あご》をそらす。これではは鶏頭でいてくれたほうが百倍よかったと思っていると、安曇くんが「というか、おまえさ」と半歩前に出た。

「なんで鹿野先生の家知ってんの？」

「……はあ？」

立花さんが眉をひそめる。

「おまえの選択、音楽だろ。美術の鹿野先生と接点ないよな。なのになんで先生の家まで知ってんのかって聞いてんの。俺の行動調べてんの？」

立花さんの形相が変わった。背の高い安曇くんを下からにらみつける。

「美術選択してる友達にたまたま聞いただけですけどー？」

「誰？　名前言って」

「なんであんたにあたしの友達の名前言わなくちゃなんないの？」

「じゃあおまえ、今日なんでここいるの？」

「カラオケの帰りだよ」

ねえと立花さんは彼氏を見上げた。彼氏がうなずく。

「カラオケって駅前だろ。終わったなら帰れよ。なんで住宅街歩いてんだよ。だいたい学校の最寄り駅にもカラオケあるだろ。なんでこんなとこまできてるんだよ」

「うっさいな。知らない街を歩いてみたかったんだよ」

「いきなり叙情的になったな」

鼻で笑う安曇くんに、立花さんは目つきを尖らせた。

「うるさい。ストーカーに行動報告する義務ないし」

「今、つけ回してるのおまえじゃないか」

「つけ回してなんかない」

「じゃあさっさと帰れ」

安曇くんは口角を持ち上げ、立花さんを見下ろした。冷たい笑いを横目で見ながら、やっぱり全然気弱じゃないわと改めて思った。しかも物言いが辛辣《しんらつ》すぎる。とてもじゃないけど、好きな女の子に対するものとは思えない。優しさの欠片もない。

「ふざけんな、安曇、馬鹿」

立花さんは悔しそうに顔を歪め、「帰る」と唐突に踵を返した。

「希、待てよ。俺があいつ一発殴ってやるから」

彼氏が立花さんを引き止める。

「先生の前でそんなことできるわけないでしょ。馬鹿じゃないの」

「あんな舐《な》めたこと言われて、引っ込んだら男がすたる」

「勝手にひとりですたってて」

長い足を最大限に使って去っていく立花さんを、彼氏が焦って追いかけていく。男気《おとこぎ》を見せようとして馬鹿呼ばわりされるなんて気の毒に、と鹿野くんがまったく気の毒に思っていない感じで言う。安曇くんはいつも通り無表情だった。

「じゃあ、俺も帰ります。今日はありがとうございました」

背中を向けたあと、安曇くんは思い出したように振り返った。

「先生はおばさんじゃないです。俺はかわいいと思います」

安曇くんは真顔で言うと、じゃあと帰っていった。

「……今、ときめかなかった？」

鹿野くんがぼそりとつぶやき、わたしは我に返った。

「そんなことないわよ」

疑いの目で見られ、わたしはさっさと歩き出した。後ろで「うる波ちゃんは嘘をついている」「少女漫画のヒロインみたいな顔をしてた」と鹿野くんがぶつぶつ言っている。鹿野くんは普段淡々としているのに、たまに馬鹿みたいに嫉妬《しっと》深《ぶか》い。

「はいはい、ときめきましたときめきました」

そう言うと、鹿野くんはぴたりと追及をやめた。しばらく黙って歩く。そっと振り返ると、鹿野くんはチノパンのポケットに手を突っ込んで、ぶすっと明後日《あさって》の方角を見ていた。思春期の少年のようで、あなたはいくつなのと問いたくなった。

「だって安曇くん、鹿野くんに似てるから」

前を向いたまま言った。

「高校生の鹿野くんって、あんな感じだったのかなって思ったらときめいた」

振り返ると、今度はちゃんと鹿野くんと目が合った。

「俺はあんな恰好いいことは言えなかったよ」

「かもね。それでもいいから、高校生の鹿野くんに会いたかったな」

「嫌だよ」

「どうして」

「高校生のときに出会ってたら、結婚しなかったかもしれないし」

そうかもしれない。今、わたしたちがここにこうしていることは何千何万の偶然が重なった結果で、なにかがひとつでもずれていたら、今二人で並んでいなかった。

ある意味ロマンチックな考えは、けれど、わたしと結婚しなかったら鹿野くんは死ななかったかもしれない、という絶望的な考えに行き着いてしまう。わたしたちのようにゴールがすでに確定している場合、甘い夢を見る余地がない。

「聞いてたより、脆そうな子だったね」

沈黙を払うように、鹿野くんが話題を変えた。

「立花さん?」

「そう思わなかった?」

わたしはよくわからなかった。スクールカーストの頂点に君臨する立花さんと、脆そうという言葉が結びつかない。けれど先入観のない鹿野くんにはそう見えたのか。

「あの子、本当になんでうちを知ってたのかな」

「友達に聞いたって言ってたけど」

「信じるの?」

「鹿野くんは、立花さんが安曇くんを追ってきたって思ってるの?」

鹿野くんは考えるように夜空を見上げた。

「ここで会ったのが偶然だとしても、少なくとも、安曇くんがあの子を一方的に追いかけ回してるようには見えなかった。逆に安曇くんのほうが余裕があったよ」

「でも安曇くんは誰に対しても落ち着いてるわよ」

「さっきは落ち着きを通り越して冷笑の域だったけどね」

なるほど。声を荒らげるとは反対方向で感情的になったのだ。安曇くんのような男の子が気持ちを揺らすということは、やっぱり立花さんに特別な感情があるのだろうか。

「だとしたら、安曇くんっていよいよ変わってる。ストーカーはともかく、さっきのは好きな女子への態度じゃないでしょう。嫌われることを恐れてないというか」

「好きになりかたも人それぞれだよ。見てるだけで幸せって人もいるし、金沢くんみたいに接触が嫌な子もいる。で、安曇くんは好きな子に嫌われたい嗜好《しこう》」

「マニアックね」

どうでもいいことを話しているうちに、家に着いてしまった。ただいまーと靴を脱ごうとしたとき、家を出た目的である豆乳を買っていないことに気づいた。せめて鍵《かぎ》を開ける前に思い出したかったとぼやき、もう一度スーパーに出かけた。

今夜は星が綺麗に瞬いていて、冬がもうすぐそこまできていることを感じた。学期末の試験が終われば、三年生を学校で見ることもなくなる。

「安曇くん、受かるといいね」

受かるよと鹿野くんは簡単に言ったあと、「国語さえなんとかなれば」と付け足した。わたしはうなずき、夜空に瞬くオリオン座に願いをかけた。

学期末試験の最終日、わたしは授業もないのに学校にきた。二年生の授業がまだ残っているけれど、一足先に美術準備室の大掃除をしにきたのだった。

非常勤講師は一授業いくらというコマ割りで雇われているので、掃除や学校行事への参加は自由だけれど無給となる。つまり今日はタダ働きだ。けれど自分が使う場所が汚れているのは単純に嫌だ。逆に鹿野くんはそういうのはまったく気にしない。

——油絵やってて綺麗な部屋を維持するのは無理だから。

友人のアトリエなども廃墟《はいきょ》かと思うほど荒れている。どれだけ気をつけていても、床や壁に絵の具がこびりつく。溶剤や筆洗油が床に染み込む。

号数が上がれば、予想外の事故も起きる。後ろに置いてあるものを取ろうと背中を向けてしゃがんだときお尻が当たり、立てかけていたキャンバスが鹿野くんの上に倒れてきたこともあった。鹿野くんは髪も服も絵の具だらけになったけれど、自分の惨状よりまっさきに絵の心配をしたのは画家の性《さが》だ。

長年に亘って染みついた汚れはあきらめ、床を掃いたり棚の埃《ほこり》取りに専念し、お昼には一区切りつけることができた。ちょうど試験も終わり、廊下には解放感にゆるんだ生徒たちがたまっている。職員室に戻る途中、安曇くんの姿を見かけた。

ひとけのない特別教室が並ぶ廊下の奥に、明るい茶色の髪の女の子と一緒にいる。背中を向けているけれど、スタイルのよさで立花さんだとわかる。立花さんはいつも取り巻きの男の子たちに囲まれているのに、今日はひとりだった。

そういえば、先日の冷たい態度ですっかり忘れていたけれど、安曇くんはストーカー容疑をかけられている真っ最中なのだった。頻繁にひとけのないところに立花さんを呼び出し、プレゼントを渡すという。

安曇くんが女の子にプレゼント——。

想像できないなあと様子をうかがっていると、安曇くんが紙袋を立花さんに渡した。地元の和菓子屋さんぽい渋《しぶ》い紙袋。ああ、それじゃ駄目よ。立花さんみたいな子にプレゼントするんだったら、もっとかわいい紙袋にしなくては。

ひとりでやきもきしながら、はっと我に返った。違う違う、のんきにアドバイスをしている場合じゃない。やっぱり噂は本当だったのだ。まさかのストーキング現場に焦りが込み上げてくる。こういうときはどうしたらいいんだろうか。教師としては止めに入るべきなんだろうか。でもそんな無神経なことはしたくない。

「今年のお正月は……」

「うちの親が……」

会話がとぎれとぎれに聞こえてくる。なんの話だろう。相当親しい間柄でないと出てこない単語に首をかしげた。

「おまえら、なにしてるんだ！」

びくりと肩が跳ねた。

二人の手前にある階段の踊り場から、いきなり酒井先生が出てきた。

「こんなひとけのない場所でなにをしてるんだ」

爽やかなブルーのセーターに似合わない、恫喝《どうかつ》に近い声音だった。

「なんにもしてませんけどー？」

立花さんがだるそうに答える。

酒井先生はそれを無視し、立花さんを自分の後ろに隠すように安曇くんと向き合った。完全にか弱い女子を守るナイトだ。

「安曇、こんなところに立花を呼び出してなにをしていたんだ」

「渡すものがあったんです」

不穏な酒井先生に比べて、安曇くんはいつものように落ち着いていた。

「立花とは距離を置くように、担任の先生から注意があっただろう」

「そういう注意はされてません。受験や他のことで気忙《きぜわ》しい時期だから、なにか悩みがあればいつでも相談してほしいと言われただけです」

「なんだそれは。なにか起きてからじゃ遅いのに」

酒井先生はあきれたように額に手を当てた。以前から感じていたが、あの人は芝居がかったところがある。ドラマや小説の熱血教師に憧れているのかもしれない。

「とりあえず立花は帰りなさい。安曇は俺と一緒に指導室にこい」

「どうしてですか?」

「おまえときちんと話し合いたい。立花は嫌がってるだろう。女子は弱いからはっきりやめてって言えないこともあるんだ。男だったらそういうことをわかってやれ」

安曇くんと立花さんは同時に眉をひそめた。

「なんだそれ」

「うっざ」

二人は正反対の人間だけれど、苦手なタイプが同じだということがわかった。

「……安曇、おまえなあ」

酒井先生は眉根を寄せたあと、やれやれと言いたげな苦笑いを浮かべた。

「おまえは美大を目指してるんだってな。そっち系のやつらは繊細だってことは俺もわかってる。おまえもいろいろ悩みがあるんだろう」

——なに、その決めつけ？

こちらで聞いているわたしのほうまでげんなりした。本人は理解を示しているつもりだろうけれど、『そっち系』と言われた人間からすれば不快しかない。

「先生って、どうしてそんなに的外れなんですか」

安曇くんが静かに言った。

「たとえ悩みがあったとしても、先生みたいな人には言いません。自分と先生が同じ言語をしゃべっていると思えない。俺は無駄なことをするのは嫌いなんです」

安曇くんは鹿野くんと魂の双子のようなことを言った。鹿野くんも無駄な努力をしない人だ。時間も体力も知力も有限なんだから、興味のないことに割《さ》く余裕なんてないと言っていた。代わりに、やりたいことに対しては力を尽くす。

——高校生のときの鹿野くんって、本当にこんな感じだったのかも。

わたしは状況も忘れ、安曇くんにときめいてしまった。このことは鹿野くんには絶対に秘密にしておこう。これは浮気じゃない。安曇くんを通して、幻想の鹿野くんにときめいただけなのだから。一方、酒井先生のほうはそれどころではなかった。

「教師に向かって、その口の利きかたはなんだ」

怒りのせいなのか、酒井先生の声は微妙にうわずっている。

「教師だというだけで、無条件に尊敬されると思ってるんですか？」

安曇くんの声音は冷静を通り越して軽蔑《けいべつ》に満ちていた。人は本当のことを言われたときに一番腹を立てる。安曇くんの質問は、正確に酒井先生の痛いところを突いた。

「安曇、おまえちょっとこい！」

酒井先生がいきなり安曇くんの右手をつかみ、わたしは小さく声を上げた。

「腕はやめて！」

思わず壁から飛び出し、二人の元へ駆け寄った。安曇くんが振り払おうとするが、完全に頭に血が上っている酒井先生が離さず揉《も》み合《あ》いになる。

「ちょ、いいかげんにしてよ！」

立花さんが酒井先生のセーターを引っ張った。けれど激昂《げきこう》している酒井先生に突き飛ばされた。細い立花さんは勢いよく後ろの窓に向かって倒れていく。

ガラスに突っ込むと思ったとき、安曇くんが手を伸ばした。反対の腕を酒井先生につかまれたまま、奇妙にねじれた体勢で立花さんを左腕一本で引き戻した。

次の瞬間、目に入った恐ろしい光景に立ち尽くした。

酒井先生がつかんでいる安曇くんの右腕が、おかしな方向に曲がっている。

不気味な静寂のあと、立花さんが悲鳴を上げた。

わたしは我に返り、動かずに待っててと言い置いて職員室へと走った。ちょうど学年主任がいて、事情を説明しながら現場に戻ると、生徒が大勢集まっていた。

「なにあれ。安曇の腕、折れてんじゃないの?」

「マジだよ。ヤバいってあれ」

「立花が折ったの?」

囁き声の中心で、ねじれた腕をぶら下げて安曇くんは苦痛に顔を歪めている。その横に茫然と立花さんが立ち尽くしている。酒井先生の姿はない。

「とにかく早く安曇を病院に。俺が車で連れていくんで、鹿野先生は立花を職員室に連れていってください。ほら、おまえらも集まってないでとっとと帰れ」

野次馬の生徒たちを押しのけ、学年主任が安曇くんをかばうように連れていく。

わたしは青ざめている立花さんに、行こうと小声でうながした。

立花さんは小さくうなずき、思い出したように廊下に落としたままになっていた紙袋を拾い上げた。安曇くんから渡された、女子高生には似合わない渋い紙袋を。

騒ぎの翌日は休日だったが、学校に呼び出されて事情を聞かれた。

わたしと入れ違いに、立花さんが会議室から出てきた。ひどく顔色が悪い。目の下が黒ずんでいて、昨夜は寝ていないことがうかがえた。隣にはお父さんらしき男性がいる。こういうときはお母さんがくることが多いので、珍しいと思った。

会議室に入ると、教頭先生と学年主任、立花さんと安曇くんのクラス担任がいた。すでに立花さんと安曇くんから個別で事情を聞いていて、わたしは二人の話の裏付けを求められた。流れとして齟齬《そご》はないけれど、初めて知る事実がいくつかあった。

「安曇くんと立花さん、身内なんですか?」

二人は母方のいとこ同士なのだが、ここ何年か立花さんの母親が病気で体調を崩すことが多くなった。心配した安曇くんの母親が家の中のことを手伝うようになり、料理を子供たち経由で差し入れするようになった。

「あ、じゃあ安曇くんが立花さんに頻繁にプレゼントをしてるって……」

「ええ。安曇の母親から頼まれた惣菜《そうざい》やその他もろもろだったんですよ」

ちなみに昨日の渋い紙袋の中身は、手作りのアップルパイだったそうだ。

「じゃあ安曇くんのストーカー騒ぎって完全な誤解だったんですね」

問うと、立花さんの担任は情けなさそうに眉尻を下げた。

「二人が身内だったなんて僕たちも知らなかったし、だったら前に指導室に呼び出したときにそう言ってくれればよかったのにと言っても、こんなやつと身内なんて知られたくなかったと立花は言い張るし、安曇も無表情でダンマリですよ。いとこのなにが恥ずかしいんだか。僕も昔は高校生だったはずなんですが、さっぱりわからない」

そうですねとうなずいた。ストーカーの汚名を着せられてまで隠したいことなのだろうか。とにかく安曇くんと立花さんの交流については、学校側が口出しをする問題ではないと結論が出た。それより深刻なのは安曇くんの怪我だった。

「立花を支えようと無理な体勢をして折れたんですよ。普通なら一ヶ月くらいでギプスが取れてリハビリに入るんですが、ねじれてるからもっとかかるだろうと」

「美大の実技試験は来年の二月頭です。間に合うんでしょうか」

「経過を見ないとわからないみたいですね。単純な骨折とちがって、ねじってるから腱《けん》も傷めてる。ギプスが取れても慎重にリハビリをする必要があるみたいです」

「……そんな」

目の前が暗くなった。手が動かせるようになっても、何週間も固定されて筆をにぎらずにいれば感覚が鈍る。そんな状態でデッサンや油彩の実技に挑めるのか。安曇くんはなにも悪くないのに、理不尽すぎる。これは完全に学校側の責任で、校長と教頭、各担任で改めて安曇くんの自宅に謝罪に出向く予定らしい。

「酒井先生はどうされてるんですか？」

問うと、先生たちは一斉に眉をひそめた。

昨日わたしたちが現場に戻ったとき、もう酒井先生の姿はなかった。自分はなにもしていない、これは事故だと言い訳をしながら逃げていったと立花さんから聞き、先生がた一同あきれたらしい。

「連絡を入れ続けて、夜遅くにようやく話ができましたよ。でも謝罪よりも言い訳ばかりでした。安曇に怪我をさせたことは悪かった、でもあれは事故だった、自分は立花を守ろうとしただけで間違ってないの一点張りで、あれじゃ謝罪には連れていけない」

開いた口が塞がらないとは、まさにこのことだ。自分のしでかしたことの責任を取るどころか謝罪もできないなんて、今までの熱血ぶりはなんだったのか。悩みがあったとしてもあなたには言わない、言っても無駄と答えた安曇くんの見立ては正しかった。

「しかも立花からも訴えがありましてね」

「立花さんから？」

「酒井先生に、以前からセクハラされてたって」

衝撃すぎて言葉もなかった。生徒間のストーカーも大変な問題だけれど、男性教師から女生徒へのセクハラはそれ以上に深刻だ。迂闊に口にも出せない。

「酒井先生が安曇をストーカーだと騒ぎ立てたのは正義感からでなく、自分に恋愛感情があるがゆえの歪んだ嫉妬だって立花は言うんですよ。以前から俺がおまえを守ってやるからと、いやらしい目で迫られて怖かったと」

「……そんな」

「酒井先生はセクハラは否定してますけど、立花を守るうんぬんと言ったのは事実らしいんです。おかしな意味で言ったんじゃないと言ってますけどね」

「……それは、でも、本人たちにしかわかりませんよね」

「ええ、だから最後はどっちを信じるかです」

教育委員会の耳に入らないよう隠蔽《いんぺい》というケースもあるけれど、今回は安曇くんへの暴行が重なっている。これほどの不祥事を起こした教師を学校側もかばいきれないだろう。

「本来なら懲戒解雇もんだが、依願退職って形に収まるだろう」

学年主任は腕組みで顔をしかめた。


その夜、安曇くんがうちに訪ねてきた。

「いきなりですみません」

玄関に立つ安曇くんの右腕はギプスで固定され、三角巾《さんかくきん》で吊られている。痛々しくて見ていられない。けれど一番つらいのは本人だ。わたしは下腹に力を込めて、上がってと笑顔で安曇くんを招き入れた。

「これおいしい。生地《きじ》がすごくしっとりしててケーキみたい」

お茶を淹れて、三人で安曇くんが買ってきてくれたコンビニ製のホイップどら焼きを食べた。自分と、わたしと、鹿野くんの分。ちゃんと三つある。

「最近のコンビニは侮《あなど》れないな」

鹿野くんが感心したようにうなずく。けれど肉体を失った今、生前の自分が知らなかった味を理解することは果たしてできるんだろうか。人智《じんち》を超えた力が働いているのか、もしくはわかった気になっているだけか。それは鹿野くん自身にもわからない。

「安曇くん、鹿野くんがどら焼きおいしいって」

通訳すると、安曇くんは鹿野くんの湯飲みが置いてあるほうに向かって頭を下げた。

「来年もまた、予備校に通う羽目になりそうです」

いつもと変わらない、淡々とした調子で言う。大丈夫、経過次第よ。そんな励ましを口にしかけたが、そらぞらしく聞こえそうなのでやめた。

「鹿野さんや先生にもアドバイスをもらってたのに、すみません」

「安曇くんが悪いわけじゃないわ」

「そうですね。でも何割か俺が煽ったせいもあるんで」

「酒井先生のことなら気にしないでいいわよ。一応大人で教師なんだから、あの程度のことで我を忘れた酒井先生の器が小さかったのよ」

「先生、たまにきついですよね」

安曇くんは笑った。ほんの少しの無理が透けて見える。

「安曇くん、立花さんの様子なにか聞いてる？」

「なにも。俺とあいつは別々に呼ばれたんで会ってないし、酒井のせいで俺が立花をストーカーしてた疑いをかけられてたことが親にばれて大笑いされたくらいです」

安曇くんはすごく嫌そうだった。気持ちはわかる。多感な十代の時期に究極のプライベートである恋愛事情を親にからかわれるなんて苦行に近い。

けれどストーカー事件が誤解なら、安曇くんが立花さんのことを好きというのも誤解だったのだろうか。なんとなくそれは別件のように感じるけれど、今、問うことじゃない。

「立花さんと学校ですれ違ったんだけど、ひどい顔色だったから少し心配で」

「あいつ、あんな見た目のくせに神経細いから」

ぶっきらぼうな言い方が、逆に親しみを感じさせた。

「安曇くん、立花さんといいとこ同士だったのね」

「黙っててすみません。誰にも言うなってあいつから言われてたんで」

「隠すことでもないのにね」

安曇くんはそれには答えず、どら焼きの包装をくしゃっと丸めた。言いたくない感じに見えたので、深追いはしなかった。

「今日、鹿野さんの絵を見せてほしくてきたんですけど、いいですか?」

「うん。鹿野くん、いい?」

問うと、鹿野くんはうなずいて立ち上がった。

「安曇くん、鹿野くんがアトリエに行くから一緒にどうぞ。通訳はいる?」

「いえ、今日は鹿野さんと二人で見せてもらいます」

「わかった。ゆっくりしていって。あ、寒いからストーブつけてね」

二人をアトリエに送り出すと、ナァーと鳴き声が聞こえた。かりかりと爪でサッシをかく音。外猫のタタンがきたのだ。夏はエアコンの涼を求め、冬はストーブの暖を求め、あるいはご飯やおやつを求め、タタンはきまぐれに我が家にやってくる。

縁側に面した掃き出し窓を開けると、真っ白な塊がするりと足を撫でて部屋に入ってきた。まっすぐストーブのところへ行く。今日の目当ては暖だ。

「野良暮らしは自由だけど、冬だけはつらいわね」

籠から古いブランケットを取ってタタンの横に置いた。タタンは待ってましたとばかりにブランケットに絡みつき、くちゃくちゃにして自分専用の寝床に作り上げる。

「気持ちいい?」

しなやかな背中を撫でると、長い尻尾でぺしっとはたかれた。構うなという意味だ。人の家に勝手に温まりにきて、なんて傍若無人《ぼうじゃくぶじん》な態度だろう。猫のこういう気ままなところがわたしは好きだ。はいはい、お好きにどうぞと立ち上がった。

明日の朝食のスープを仕込んでからココアを淹れ、アトリエに差し入れにいった。あの部屋は北向きで夜は極寒と化す。廊下を歩いていくと話し声が聞こえた。

「一年くらい平気ですよ。大学は逃げないし」

「うん、そうだね」

安曇くんと鹿野くんの声。けれど鹿野くんの声は安曇くんには聞こえない。

「受験テクも完璧に学んだし、来年一年は自分の絵も描きます」

「うん、それがいい」

何年もかけて準備してきたことを、理不尽な暴力で無駄にされた。わたしなら怒るし悲しい。まだ高校生だというのに、安曇くんの揺るぎなさは尊敬に値する。

「……一年くらい平気ですよ」

安曇くんは力なく繰り返した。

「怪我だって、ちゃんと治ると医者が言ったし」

「リハビリちゃんとすれば元通りになるって言ったし」

「またちゃんと筆がにぎれるようになるって言ったし」

安曇くんは淡々とつぶやき続ける。

何度も何度も自分に言い聞かせるように。

「鹿野さん、そうですよね？」

「うん、きみは大丈夫だ。多分ね」

聞こえていなくても、はい、と安曇くんは断言はしない。

鹿野くんの幻の声に、安曇くんの頼りない声が重なった。

わたしは静かに居間に引き返した。昔風の縦に長い円筒形の石油ストーブの前に三角座りで腰を下ろす。タタンが丸くなって眠っている。

「きみは大丈夫だ。多分ね」

鹿野くんの真似をして、小さくつぶやいた。

安曇くんの中には怒りも悔しさも当たり前にある。特別強くもなく、だからこそ強くあろうと自分に言い聞かせている。わたしと鹿野くんは安曇くんが好きで、だから安曇くんは大丈夫と信じたい。

試練に打ち勝てる人にのみ、神は試練を与える。そう聞いたことがある。けれどそれは苦しみに喘《あえ》いでいる誰かを励ますために、人間が考え出した方便だ。

だってそれが本当なら、わたしは夫を亡くしても耐えられると神さまに思われたことになる。安曇くんは大事な右手を怪我しても大丈夫な子だと思われたことになる。鹿野くんは若くして死ぬことを受け入れられると思われたことになる。

冗談じゃないわ、と真っ青に燃えるストーブの炎を見つめた。

苦痛に意味なんかない。

そんなものないほうがずっといい。

なくても幸せに生きていく人は大勢いる。

試練は人を成長させる。ある部分では否定しないけれど、かけられた圧力で心は歪んでしまう。以前のような美しい円形ではいられない。

その歪《いびつ》さを芸術と呼ぶこともある。不定形で不安定な美。それは外側から見ている人の感想で、歪んだ円の中に閉じ込められているほうはたまったものじゃない。

そんな美はいらない。わたしは今すぐ鹿野くんを返してほしい。

返してほしい。返してほしい。返して——。

「……大丈夫」

三角座りの膝に顔を埋めてつぶやいた。

「きみは大丈夫だ。多分ね」

何度も鹿野くんの真似をする。ああ、そうか。絶対と言われるよりも、多分と言われるほうが気が楽だ。弱っているときは重いものは持てない。隣で鳴き声が響いた。タタンがこちらを見ている。撫でてもよいぞというようにお腹を見せる。

「タタンはたまに優しいね」

汚れているけれどつるつるとした毛を撫でながら、この世からすべての苦しみが消えますようにと祈った。わたしの痛みも、安曇くんの不安も、鹿野くんの悲しみも。試練を与えるのが神さまだというのなら、そんな神さまこそ消えればいい。


今日は今学期最後の二年生の授業だった。いつものように、筆よりも口がよく動いている生徒を眺めて回る。正直、高校美術は息抜きの時間と認識されているし、わたしもあまりうるさいことは言わないようにしている。

美術、音楽、体育、この三つに関して、無理にやらせていいことはひとつもない。教師がうるさく言うほど創造の翼は縮まるし、体育にいたっては運動音痴の子はどんどん苦手意識が高まっていく。ちなみに鹿野くんもわたしも運動は苦手で、小・中・高の体育祭は憂鬱《ゆううつ》と同義語、当日は雨が降りますようにと強く願った口だ。

「希先輩からラインきた。今日カラオケ行かないって。どうする?」

斜め前に座っている女の子たちの話し声が聞こえた。ノゾミセンパイという響きに、ちらっと視線を向けた。立花さんのことだろうか。

「いいけど、今、ヤバくない?」

「噂になってるね。セクハラとストーカー」

これはもう完全に立花さんのことだ。指導室の前ですれ違ったときはまいっていたようだけど、カラオケに行けるくらい元気になったのならよかった。

「希先輩、魔性すぎだよね。酒井っちクビにして例のストーカーの右手も再起不能にしたんでしょ。ストーカー、美大目指してたらしいのにね」

「二人いっぺんに地獄送りってヤバすぎ」

地獄送りという言葉の禍々《まがまが》しさに反して、無邪気な笑い声が響く。

「けど、いいかげんユミ先輩らが怒ってるって。ユミ先輩、酒井っちのことちょっといいなって言ってたじゃん。よくしゃべってたし、酒井っちが希先輩のこと好きだったなんてありえないって。他の先輩も前に彼氏リャクダツされまくってるし」

「希先輩、ハブられるかもねえ」

えー、まじー、やっぱカラオケはパスかなーという言葉を聞きながら、あんな駄目教師のせいで生徒の間に不協和音が漂っていることに頭が痛くなってきた。

授業が終わって職員室に戻る前に、いつも立花さんたちがたまっている渡り廊下をのぞいてみた。派手な男の子たちが数人、立花さんの彼氏もいる。立花さん本人はいない。

「あー、先生、こないだはどうもねー」

なぜか彼氏から親しげに声をかけられ、周りの男の子たちもこちらを見た。

「こないだはごめんね。希がやなこと言ってさ」

「なに、希、酒井やストーカーくんの他にもやらかしてんの？」

やっぱり立花さんのことはかなり噂になっているみたいだ。彼氏が先日の一件をみんなに説明し、男の子たちが「性格ワッルー」「まあでも希だし？」と笑う。

「今日は立花さんは一緒じゃないの？」

いつも一緒にいるのに、とあたりを見回した。

「あー、あいつ今いろんな女子と揉めてるから」

質問に対する答えの意味がわからなかった。

「あいつ前から男関係で女子に評判悪かったけど、酒井の件でブチ切れられたんだよ。酒井って女子に人気あったし。それが希のせいでクビになるって」

「女の子たちが喧嘩《けんか》してるから、あなたたちも立花さんと話さないの？」

説明されても意味がわからない。

「そういうわけじゃないけど、まあちょっと今は様子見というか。あ、それと俺は希とはもうつきあってないよ。こないだの帰りにふられたんだけど、別に未練はないかな。わがままがすぎてついてけないとこあったし、女子らが怒るのもわかるし」

「ふられたからって強がるなよ」

周りから囃《はや》し立《た》てられ、彼氏はうっせーよと友人を蹴る真似をした。好きな子に別れを告げられた。先日までつきあっていた子が窮地に立っている。なのに明るすぎる。この子たちはどこからどこまで虚勢なのかよくわからない。

「いろいろあるのね。まあ、がんばって」

教師としては失格に等しい適当な言葉を残し、それじゃあと歩き出した。後ろでは「先生またねー、今度デートしよう」と彼氏、いや元彼氏が言っている。安曇くんに比べるとてんで子供だ。ああ、違う。安曇くんが大人なだけか。

本校舎に入ると、廊下を前から立花さんが歩いてくるのが見えた。いつものように男子の取り巻きはおらずひとりで、けれどつんと顎をそらしているのが彼女らしい。

「ビーッチ」

誰かが言った。立花さんが立ち止まって振り返る。きっとあの大きな瞳でにらみつけているのだろう。複数対ひとり。嫌な構図だ。

「酒井っちがあんたにセクハラとか、すごい言いがかりっぽいんですけどー」

「周りの男はみんな自分に気があるって思ってんじゃない?」

周囲に嫌なくすくす笑いが広がっていく。

「安曇からストーカーされてたのも、実は気分よかったりしてね」

瞬間、立花さんが反応した。発言した女の子へと大きく一歩踏み出し、思い切り足を引っ掛けた。相手は突然のことで尻餅をつき、あたりにざわめきが広がる。

「なにすんのよ！」

立ち上がろうとする女の子の頬に、立花さんは問答無用で平手打ちを食らわした。相手も今度はすぐに反撃し、一気につかみあいの喧嘩になってしまった。喚声が湧く。

「二人とも、やめなさい」

急いで割って入ったが、野良猫の喧嘩みたいで手がつけられない。女子同士の取っ組み合いに、野次馬が集まってくる。相手の子が立花さんのシャツをつかんだまま倒れ、その勢いで立花さんのシャツの前ボタンがいくつか弾け飛んだ。

一瞬だったけれど素肌が見え、立花さんは反射的に自分を抱きしめて前を隠した。ピンク色の下着がちらりと見えていて、男の子たちが興奮した奇声を上げる。発情期の猿に等しい男の子たちの視線から彼女を隠そうと駆け寄った。

「立花さん、大丈──」

「こないで！」

強い拒絶にわたしは立ち止まった。

「どこか怪我でもした？」

「してない。大丈夫だからさわんないで。あっち行って！」

立花さんは前を隠してしゃがみ込み、激しく首を横に振り続ける。けれど女の子をこんな恰好で置いておけない。わたしはカーディガンを脱いで立花さんの肩にかけた。

「希ちゃーん、かわいいー。もっかいブラ見せてー」

調子にのった男の子が囃し立て、野次馬から爆笑が起きる。立花さんがうつむいたまま細かく震えはじめ、ほっそりとしたスキニージーンズの太ももに涙が落ちた。

「あなたたち、今すぐ向こうに行きなさい！」

怒りのあまり、人生で初めてというほど大きな声を上げたときだった。

「希！」

安曇くんが人ごみの中から顔を出した。

うつむいていた立花さんがびくりと反応した。

「……キヨくん」

信じられない光景だった。みんな向こうに行ってと泣くほどの拒絶を見せていた立花さんが、ぐしゃぐしゃの泣き顔をさらして安曇くんに手を伸ばした。安曇くんは自分のジャケットをばさりと立花さんの頭からかけた。

「行くぞ」

うずくまる立花さんを左手一本で引き上げ、安曇くんはみんなの視線から立花さんを隠すように肩を抱いて歩いていく。校内一の美少女と、彼女をストーカーしていた男子生徒という図式はそこにはなく、お姫さまを救出にきた王子さまのようだった。

王子さまというには、若干ひょろひょろしているけれど。

人目につかないよう、美術準備室を使わせてほしいと安曇くんに頼まれて鍵を渡した。購買部で買ってきた熱い紅茶を渡すと、立花さんは小さな声でありがとうと言った。まだ目元は赤いけど、さっきよりは落ち着いている。

「……あ、これ。ありがと」

立花さんが安曇くんのジャケットとわたしのカーディガンを一緒に脱いだ。その拍子、はだけたシャツの隙間から、スキニージーンズのウエストに乗ったお肉が見えた。わたしの視線に気づき、立花さんは慌ててシャツの前をかき合わせた。

「カーディガンは今度返してくれればいいわ。そのシャツじゃ帰れないでしょう」

話しながら、頭の中にはクエスチョンマークが浮かんでいた。こんなに細い立花さんなのに、ウエストにお肉が乗っているなんて意外だった。

「……もう帰る」

立花さんが立ち上がった。

「少し休んでいったほうがいいわよ」

「いい。悪いけどカーディガンは借りる。これは返す」

立花さんが乱暴にジャケットを突き返す。安曇くんは不満そうに受け取った。

「クリーニングして返せ」

「はあ？　ちょっと借りただけじゃない」

「みかんの匂いがする」

安曇くんはジャケットに鼻を近づけた。

「香水。グレープフルーツの」

「くせえ」

驚いた。安曇くんがこんな普通の高校生男子のような言葉を使うなんて。

むっとする立花さんを無視し、安曇くんはジャケットを羽織ろうとした。けれど右腕一本ではうまく羽織れない。着せるのを手伝ってあげると、ありがとうございますと小さく頭を下げる。それを見て、立花さんが意地悪そうにせせら笑った。

「夫婦みたい。すっごい年離れてるけど」

立花さんの物言いにはもう慣れていたので、腹は立たなかった。

「おばさんといちゃいちゃして、バッカみたい」

「高校生にもなって、そんなガキ臭いこと言ってるおまえが馬鹿みたいだ」

きつい返しに立花さんは絶句した。怒りや悔しさだけじゃない。どこか涙の気配もする表情を見て、やっぱりそうかとわたしは確信を得た。

以前から、彼女がわたしにだけ異常に突っかかってくる理由。泣きながら周りを拒絶していたくせに、安曇くんには手を伸ばした理由。「キヨくん」という子供みたいな甘ったるい呼びかたの理由。彼女は安曇くんのことが——。

「……なによ、むかつく」

「勝手にむかついてろ」

そして安曇くんがいつもの安曇くんらしくない理由も明白だった。

「家まで送るから、ちょっと待ってろ。鞄取ってくる」

「骨折してるやつなんかボディガードになんない」

「ひとりよりはマシだろ」

しかし立花さんは恐ろしい顔をした。

「あんた馬鹿じゃないの。もしまたなにかあったらどうすんの」

「いきなり腕折ってくるゴリラはそうそういないだろ」

「いるかもしれない。怪我が悪化したらどうすんのよ」

「怪我はいつか治る」

「治んなかったらどうすんの」

「絶対治る」

強い目。強い声。鹿野くんのアトリエで、大丈夫と何度も言い聞かせるようにつぶやいていた不安げな影は微塵《みじん》もない。逆にひび割れたのは立花さんだった。

「でも……っ、受験は間に合わないじゃん！」

立花さんがいきなり立ち上がった。高い鼻の頭が赤くなっていく。大きな目にじわじわと涙の膜が張っていく。鼻をすすった拍子、表面張力をやぶって涙がこぼれた。

「あ、あたしのせいで、キヨくん浪人じゃん」

まただ。感極まると、彼女はキヨくん呼びになるようだ。

「俺の腕を折ったのは酒井だけど？」

「あんなやつ、死ねばいいんだ」

「だからセクハラされたとか嘘ついたのか」

えっとわたしは立花さんを見た。

「嘘じゃないし」

「嘘だ。本当にそんなことされて、おまえは黙って耐える女じゃない」

立花さんは涙をこぼしながら、ぐっと口を真一文字に引き結んでいる。沈黙は肯定の証《あかし》で、彼女は安曇くんの腕を折った酒井先生に報復をしたのだとわかった。わたしは空恐ろしい気分になった。十代少女は勢いという最終兵器を持っている。

「訂正してやれよ」

「嫌。あいつは許さない」

「セクハラでクビになったら人生終わるんだぞ。俺もあいつには怒ってるけど、やっていいことと悪いことがあるんだよ。おまえだって立場思いっきり悪くなってるだろ」

「ほっといてよ。あたしはあたしの好きにやるんだから」

「そういう馬鹿は嫌いだ」

安曇くんはまっすぐ立花さんを見据えた。

立花さんもにらみ返すが、安曇くんの目のほうがずっと圧が高い。

「……なによ」

立花さんはじりじりとうつむいていく。

「……キヨくん、もともとわたしのことなんか嫌いじゃん」

言いながらしゃがみ込み、ついに膝に顔を伏せてしゃくり出してしまった。

「……わたしのこと、昔からずっとデブっていじめてたくせに」

――え、デブ？　立花さんが？　いったいどのあたりが？

スレンダーすぎて折れそうな身体を見つめ、ふと、ウエストに乗っていたお肉を思い出した。あれのことだろうか。でも部分的に脂肪があったって、全体的にどう見ても立花さんはデブではない。安曇くんがしゃがみ込む立花さんの前に立つ。

「いじめたけど、そういう意味でいじめてない」

「意味なんて関係ない。いじめたって事実は事実じゃん。罪じゃん」

初めて立花さんの口から共感できる言葉を聞いた。

「ごめん。それは俺が全部悪い」

しゃくりあげている立花さんを見下ろし、安曇くんが途方に暮れた顔をする。

いつも落ち着いている安曇くんの、こんな年相応な横顔を初めて見る。安曇くんの左手が、しゃがみ込んでいる立花さんの頭におそるおそる伸びていく。

けれど触れる寸前、立花さんが勢いよく立ち上がった。

「絶対に許さないから！」

涙で濡れた真っ赤な顔で安曇くんをにらみつける。

「たかが体重が十何キロか違うだけでいじめたり、ちやほやしたり、男なんてみんな外見しか見ないクズ野郎ばっかり。キヨくんもだよ。あたしのピアノの発表会のドレスに絵の具つけたり、あたしの似顔絵超絶ブスに描いたり、あたしが誕生日にもらったリボン捨てたり、返してって言ったのにデブにリボンなんか似合わないって言って」

「それは俺が言ったんじゃない」

「キヨくんのせいで、男の子はみんなあたしをいじめるようになったんだよ。キヨくんが転校したあと、あたしがどんな目に遭ったと思ってんの。死ぬか瘦せるかの二択だったんだよ。あたしが今ちょっと綺麗になったからって簡単に謝るな！」

すごい剣幕でまくしたて、立花さんは肩で息をしている。流れる涙はポロポロを通り越してダラダラで、鼻水が唇まで垂れている。学校一の美少女の無残《むざん》な姿。

「……ひゃ、百万回謝ったって許さないんだから」

立花さんは鼻水を垂らしながら安曇くんをにらみつける。

中庭から聞こえる生徒の笑い声が、準備室内の静けさを際立たせる。

なんの関係もない、見ているだけのわたしまで息が詰まる。

「……わかった。じゃあ、もう謝らない」

立花さんの表情が強張り、わたしは額に手を当てたくなった。安曇くん、そうじゃないのよ。そこはしつこく謝るところなの。あまりに歯がゆい二人の様子に、心の中でアドバイスを送っていると、ふいに安曇くんが振り向いた。

「先生、今日これから用事ありますか?」

「ないわ」

「じゃあ、悪いけどこいつ家まで送ってやってください」

「安曇くんは?」

「俺に送られるのは嫌だろうから」

そんなことない。逆にここは無理にでも送ってあげて。けれど安曇くんはさっさと美術準備室を出ていってしまい、わたしと立花さんは取り残された。

学生時代なら、けっして接点がなかっただろうタイプの女の子と並んで帰る。絶対に断ると思ったけれど、立花さんはおとなしくわたしと帰路についている。一時間前ならすごく気詰まりだったろうけれど、今はそうでもない。

「先生さあ」

校門を出て駅へと歩く中、立花さんが言った。

「うん？」

隣を見ると、立花さんはぷいと顔を背ける。

「あいつと、ほんとになんでもないの？」

ああ、それが聞きたかったのかとうなずいた。立花さんの頬はうっすら赤い。

「あるわけないじゃない」

「でも、あいつ、よく先生の家に行ってるよね。先生はなんとも思ってなくても、あっちはそうじゃないかもよ。先生、まあまあ男受けする顔してるし」

それはどうもと笑い、思い切って聞いてみた。

「どうして安曇くんがうちにきてることがわかったの？」

「お母さん経由で聞いた。美術の先生の家にたまに遊びにいってるって。あいつが先生と仲良くするなんて初めてだから、ちょっとどんなのかなって興味あって……」

一度だけ安曇くんのあとを尾けたと、立花さんはバツが悪そうな早口で言った。家の近くで会ったのは、やっぱり偶然ではなかったようだ。

「ただの興味だし、一回だけだから」

「うん、わかってる、誰にも言わない。それと安曇くんはわたしに会いにきてるんじゃなくて、わたしの死んだ旦那さんの絵が好きで、それを見にきてるのよ」

えっと立花さんがこちらを見る。困惑が透けて見える表情。否定しないでいると、立花さんはうろたえたように視線を揺らした。

「……ごめんなさい」

それはとても小さな声で、わたしはこの女の子が優しいことを知った。

「わたし、子供のころ太ってたんだ」

立花さんがぽつりとつぶやいた。

「言っとくけど、ぽちゃってるとかそんなレベルじゃないよ。タイヤ会社のムッチムチのキャラクターあるじゃん。まんまあれ。屈伸できないし靴下はけないし」

それはなかなかすごい。

「あいつとあたし、昔は同じ隣の市に住んでて家も近かったんだよ。幼稚園も小学校もずっと一緒で、ちっさいころは……結構仲良かったんだ」

いつも一緒に遊んでいて、安曇くんは立花さんにつきあってままごとの相手もしてくれたらしい。けれど小学校に上がったあたりから安曇くんは変わった。

「それまではあたしが転んだら手を貸してくれたし、おやつもくれるし、すごく優しかった。なのになんでか急に冷たくなった。学校で話しかけても無視されるようになって、なんでだろうって不思議だった。でもある日わかったんだ」

その日は、春生まれの子たちの誕生会を町内の子供会でやっていた。五月生まれの立花さんも、造花の花輪をかぶせてもらってお祝いをしてもらった。

中学生のお兄さんがケーキを切り分けてくれて、そのときケーキの箱についていた金色のリボンを見て、立花さんが「かわいい」と言った。「じゃああげるね」とお兄さんは立花さんの手首に蝶々《ちょうちょ》結びにしてくれた。ただそれだけのことだった。

事件は帰り道に起きた。手首に結ばれた金色のリボンを、安曇くんが引っ張って取ってしまった。返してと言ったのに、安曇くんは近くを流れる用水路にそのリボンを流してしまった。こんなリボンおまえに似合わないんだよとひどい言葉のオマケ付きで。

「そのうち他の男の子たちがおもしろがって集まってきて、デブにリボンなんか似合わないって言い出して、輪になってデーブデーブって合唱された。あたし、そのときわかったんだ。キヨくんが冷たくなったのは、わたしがデブでみっともないからだって」

「それは違うと思うけど」

どちらかというと、逆の理由ではないだろうか。

「あたし、すごく泣いちゃったんだよね」

駅のホームで電車を待ちながら、立花さんは架線で区切られた空を見上げた。

「なんでかわかんないけど、すごく悲しくなっちゃって」

わかんないと言いながら、立花さんはその理由を知っている。

立花さんは、そんな幼いころから安曇くんを好きだったのだ。

間違いなく初恋だろう。

「それがきっかけになって、少しずついじめられるようになったんだ。キヨくんは小三の終わりにこっちの市に転校してって、そのあたりからいじめも本格化した。小三ってそろそろ知恵もついてきて、いじめもエグくなるんだよ。精神にくるやつ。もう毎日が地獄だった。中一になったとき、死のうと思って頭痛薬ワンシート飲んだの」

「駄目よ。死んだら悲しむ人がたくさんいる」

思わず叱りつけた。立花さんは鼻で笑いかけ、やめた。わたしが旦那さんを亡くしたことを思い出したのだ。「うん。ごめんなさい」と素直に謝った。

「昔の話だよ。とりあえずこれで終わったって思ったのに、たっぷり寝ただけで朝になったら普通に目が覚めちゃった。一箱飲めばよかったって後悔したけど、結局あたしビビってたんだよ。そしたらもう我慢できなくて、気づいたら大声出して泣いてた。こんな苦しいのに、あたしまだ死ぬのが怖いんだって。どんだけ弱虫なんだって」

淡々とした語り口が、余計に当時の彼女の絶望を伝えてくる。

「全然弱くない。死ぬより生きるほうがつらいときだってあるんだから」

立花さんは小さく笑っただけだった。そんなことはわかってる、でも励ましてくれてありがとうね、という大人びた笑いかただった。

「太ってると喉もせまくなるのかな。感極まるとオットセイみたいな泣き声になるって知ってる？　デブは泣きかたもみっともないんだって思ったら、悲しかったのが段々ムカつきに変わってきて、あたし決意したんだ。死んでも痩せるって」

決意通り、立花さんはその後の一年間、壮絶なダイエットをして生まれ変わった。肉に埋もれていた目鼻立ちが現れていく様は、天岩戸《あまのいわと》から輝く御神体をちょろちょろのぞかせる天照大神《あまてらすおおみかみ》のようだったろう。想像すると神秘的ですらある。

脂肪を脱ぎ捨てた立花さんは輝くような美少女となり、自らの黒歴史と決別するべく学校も変わった。転校先は、自分がいじめられる原因となった安曇くんの中学だ。

「キヨくんに、ざまあみろって言ってやるつもりだった」

立花さんはまっすぐ強い目で架線を見上げる。

「綺麗になったあたしを見て、びっくりすると思ってた。けどあいつ、『おまえ、飯食ってんの？』って気持ち悪そうに聞いてきただけだった。ふざけんなよって感じ。食ってねえよ、おまえのせいだろって殴ってやりたくなった」

吐き捨てる立花さんに、そばにいた老婦人が眉をひそめた。

「悪い意味じゃなくて、急に痩せたから立花さんのことを心配したんじゃない？」

「見返したい相手に同情されて喜べる？」

わたしはなにも言えなかった。

「あたし、かわいそうがられるのはもう飽き飽きだった。それよりも驚かせて、昔のことを後悔させたかった。あたしが転校したとき、すごい騒ぎだったよ。アイドルよりかわいいって男子は目の色変えて、女子は嫌な目であたしを見てた。笑っちゃった。なにもかもが今までと反対なんだもん。デブだったとき女の子はあたしに優しかった」

シビアすぎる女子あるあるに、わたしは溜息をついた。

電車がやってきたので、立花さんと乗り込んだ。瞬間、車内の視線が突き刺さって驚いた。みんなが見ているのは、わたしではなく立花さんだ。特に男性の視線がすごい。美人だなあという感嘆の視線の中に、隠しきれない性的なベタつきが混じる。気持ち悪い。彼女はいつもこんな複雑な視線の中で生きているのだ。

「あたし、なんのためにがんばったのかなあ」

吊《つ》り革《かわ》にだるそうにつかまってつぶやく。

「痩せて美人になったら、なんでもできると思ってた。キヨくんにも言いたいことが言えると思ってた。でも全然そんなことなかった。言えることは増えたけど、どうしても言えないことは、デブのときでも綺麗になっても変わんない。言えないままだよ」

遠い目で、ひとりごとみたいに立花さんはつぶやく。

「たいがいはそんなものだと思うわよ」

「え？」

「見た目を変えても、年を取っても、そう簡単に変えられないものがあるの。わたしは子供のときからぼんやりしてて、大人になった今でもぼんやりしてる。旦那さんが死んでももう何年も経つのに、ちっともあきらめはつかないし、これからも多分そう」

立花さんは考えるような顔をした。

「じゃあ先生は、この先もずっと旦那さんを想ってひとりで生きてくの？」

「そのつもり」

わたしは揺るぎない決意で答えた。

「さびしくない？」

「さびしくないとは言わないけど、世の中にはあなたが思うよりずっと、ひとりで生きている人は多いの。その人たちが、みんな不幸だなんてわたしは思わない」

立花さんは中吊り広告を見上げ、うーんと軽くうなった。

「あたしはひとりは怖い。でも好きじゃないやつと一緒にいても楽しくないことは知ってる。正直、どうしていいかわかんない。とりあえずわかってることは、多分、あたしもずっとひとりで生きてくってこと。親友も恋人もできないし、いらない」

「そう決めるのは早すぎない？」

現に今だって好きな男の子がいる。絶対に認めないだろうから言わないけれど。電車の振動に合わせてゆらゆら揺れながら、立花さんは流れる景色を眺めている。

「先生、さっきあたしのお腹見たでしょ？」

「ええ」

「ウエストに肉乗ってたの気づいたと思うけど、あれ肉じゃなくて余った皮。かなり無茶なダイエットしたからね。反動もすごかったんだよ」

生まれたときから美少女ですという顔で生きる裏で、立花さんはリバウンドを回避するため、痩せたあとも食事量をぎりぎりまで制限し続けた。

揺り返しは当然きた。空腹で夜中に目覚め、我慢できず食料を貪《むさぼ》り食べ、罪悪感とまた太ってしまうという恐怖からトイレに走ってすべて吐くという、めちゃくちゃな暮らしが一年半ほど続いた。

涙も鼻水も垂れ流しながらゲエゲエ吐いていると、苦しいのに、なぜか笑いが込み上げたと言う。

自分をちやほやしている男子たち。自分が心奪われている相手が、タイヤ会社のキャラクターみたいな元デブだと知ったらあいつらはショックだろう。

「結局さあ、痩せて綺麗になって腐るほど告白されても、あたしのこと豚呼ばわりしていじめてた男子たちのこと思い出すと、ふざけんなって思っちゃうんだ。だからとりあえずつきあって、散々振り回して、痛い目見せて、振ってやるの」

立花さんが笑う。ちっとも愉快そうではない。

「あたし恋愛なんてしてない。昔の復讐《ふくしゅう》してるだけ」

三ヶ月単位で彼氏を変えるという荒業の動機が、ようやく解明された。謎を解いた喜びはない。ただ、ただ、悲しい。こんなに綺麗なのに、この子は美の恩恵をなにひとつ受けていない。どこまでも過去に囚われている。

「そもそも、あたし恋愛できる身体じゃないしね。お腹や二の腕に余ってる皮とか、太ももやふくらはぎの裏の肉割れとか、まじキモい」

ノースリーブもミニスカートも生足も無理。着替えが必要な体育は三年間全欠席し、水着も着られないので海にも行けない。家族旅行をしても温泉に入れない。

そういえば彼女はこんなに細くて綺麗な足をしているのに、いつもスキニーパンツで足首までぴっちりと包んでいることに今更気づいた。

「好きな男の子ができても、死んでも裸なんて見せられないよ。こんなんでどうやって恋愛しろっていうんだよね。せっかく痩せたのに、バッカみたい」

おかしそうに笑ったあと、ふと真顔になって、

「別にいいけどね。男なんて大嫌いだから」

立花さんはまっすぐ窓の外を見つめた。

今まで繰り返し、繰り返し、何回も自分に言い聞かせたんだろう。

その気強い横顔が安曇くんに重なった。

この子たちは似ている。鹿野くんのアトリエで、ひとりで絶対に大丈夫と自分に繰り返し言い聞かせていた安曇くん。顔だの性格だのわかりやすい部分ではなく、自分たちの魂がとても近いことに、この子たちはいつ気づくんだろう。

「立花さんは素敵な恋愛ができると思うわよ」

「あー、そういうのもういい。説教も励ましも慰めも嫌い」

立花さんは笑って顔の前で手を振った。

「でも、あなたは必ず恋愛できる」

「だーかーらー」

「絶対にできるのよ」

確信を持って目を合わせると、立花さんはぽかんとした。それから困ったように視線を逸らし、「……無理くさい」とぼそりとつぶやいた。

「甘酸っぱすぎて、背中がかゆくなってきた」

夕飯の席で、鹿野くんが身体をぐにゃぐにゃと曲げた。

鹿野くんの前にはクリームシチューうどんの皿がある。共同生活はお互いの好みを尊重することがなにより大事だから、わたしはパンで食べ、鹿野くんはうどんで食べる。鹿野くんが生きているときはそれでよかったけれど、今はシチューうどんはあとで自分で食べなければいけないので結構つらい。まずくはないけれど、ビジュアルが苦手だ。

「甘酸っぱいっていうには、立花さんが抱えてるものは重すぎるけど」

そう言うと、鹿野くんは笑うのをやめた。

「立花さんの子供時代の話は聞いているだけでもつらかった」

「そう？　そこが一番甘酸っぱかったけど？」

鹿野くんはずるずるとシチューうどんをすする。

「ねえ、あの子たちやっぱり両思いよね？」

「どう聞いてもそうだろ。安曇くんが小学校に上がって急に冷たくなったのは、好きな子に意地悪してしまう男子恒例のアレだし、リボンを捨てたのは単純なやきもち」

それだけなら百パーセント甘酸っぱい思い出になったろうに、そのあとの不幸な連鎖反応によって状況はねじくれ、完璧なハート型だった初恋は無残に砕かれてしまった。

けれど本人たちが思うほど、状況は絶望的ではない。

いつでも冷静な安曇くんが、立花さんに対してだけは年相応に感情を見せたり、立花さんだって口ではなんと言おうと、切羽詰まったときに手を伸ばすのは安曇くんだ。

「立花さんを助けにきたときの安曇くん、恰好よかったな。『希!』って立花さんのこと名前で呼んだんだよね。自分では気づいていないと思うけど」

「それ、彼女のほうも気づいてないだろうな。このシチューうどんを賭けてもいい」

鹿野くんはわたしに向かってお皿を捧げ持った。

「いりません。でも、なんでわからないのかな?」

あんなにわかりやすく両方向から矢印が出ているのに。

「みんな自分が辿ってきた道はわかるけど、これから行く道は見えないんだよ。俺たちが老人になって、棺桶《かんおけ》に入るときの気持ちがわからないのと同じ」

「鹿野くんは入ったじゃない。棺桶」

そう言うと、鹿野くんは初めて気づいたように「ほんとだ」と箸を止めた。考えるように壁にかけられた自分の絵を見つめ、駄目だ、思い出せないと首を横に振った。

「もう死んでたから、記憶がないんだと思う」

ぐうの音も出ない説明だった。

「記憶がなくて本当によかった。そんな恐怖を俺が乗り越えたなんて信じられないよ。そもそもせまい場所が苦手なのに、さらに釘で塞がれて火で焼かれるなんて」

「やめて。クリスマスにオーブンで丸鶏を焼けなくなりそう」

「大丈夫。その鶏も俺と同じく記憶はない。苦しいも気持ちいいもない」

無だよ、と鹿野くんは言った。

無味乾燥な事実。実際に経験した人が口にするものだから、いっそ清々《すがすが》しさすら感じる。でもわたしは同意できない。ここにいる鹿野くんは、すでに無我の世界にいるだなんてことは認められない。認めたくない。

「あの二人、うまくいくといいわね」

話題を変えた。

「思い続けてれば、そのうちなんとかなるよ。どっちも執念深そうだし」

「鹿野くん、日本語には一途っていういい感じの言葉があるわよ」

「じゃあそっちで。まあ、まとまらなくても収まったらなんでもいいんだ」

「どういう意味?」

「たとえ別の人とでも、幸せになれたらそれでいいっていう意味だけど?」

なにを当たり前のことをという顔をされた。

「その子と安曇くんでうまくいくのが今の時点ではベストだろうけど、人の気持ちは変わるし、未来になにが起きるかはわからない。まだ十代なのに」

その通りだ。鹿野くんとの今の暮らしを、出会ったころの十代のわたしは想像もしなかった。けれどこうなることがわかっていても、それでもわたしは鹿野くんに恋をしただろう。そもそも、自分でするしないを決められるなら、それは恋ではないのだ。

「最悪なのは死ぬことだ。なにもかもそこで終わる」

──だったら、わたしたちは終わってるのね。

反射的に浮かんだ言葉を飲み込んだ。わかりきっていることをわざわざ口にすることは無駄だ。無駄を無駄として放置できる余裕を、わたしたちは持たなくてはいけない。でないと、こんな暮らしは続けていけない。わたしは顔の筋肉に力を込めて笑った。

「じゃあ、最悪を乗り越えたわたしたちは最強ね」

鹿野くんは口元だけを持ち上げた。否定も肯定もしない。

夕飯を食べながら、こんな話を普通にしているわたしたちは、棺桶に詰められて灰になるまで焼かれて連れていかれるところと同じくらい遠い場所にきた気がする。

理性という名の海の果てにある、小さな島だ。漂白されたように真っ白な海岸が長く続く。そこにはなにもない。ふっと目の前の光景が揺らいだ気がした。

「今度、旅行に行かない？」

会話をつなぐことで、この世ではない場所から急いで戻ってきた。あそこは理性から切り離危ない。あそこにあまり長居をすると戻ってこられなくなる。

された壊れきった島だ。鹿野くんの幽霊と手に手を取って、一切の正気をなくしてしまえれば、それはそれで楽だけれど、あそこに行くにはまだ早い。あそこは最後の砦《とりで》だ。

鹿野くんはなにか言いたそうな顔をしたけれど、

「いいね」

と一言だけ微笑んでくれた。

「景色が綺麗で、ご飯がおいしくて、お土産に温泉饅頭があるところがいいわ」

「温泉饅頭ってそんなにおいしかったたっけ？」

「味は関係ないの。平和で安心な感じがするでしょう」

「わかるような、わからないような。うる波ちゃんの好きなところでいいよ」

鹿野くんは遠出は好きだけれど、観光はたいして好きじゃない。名所旧跡を訪ねる計画を立てていても、途中のなんでもない道にふらっと入りたがる。それがまたいい風情の小道だったりするので、わたしもふらふらついていき、それで旅行が終わったことが何度かある。鹿野くんと計画という言葉は相性が悪い。

「鄙《ひな》びた田舎《いなか》がいいなあ。あと絶対に部屋食ね。せっかくの旅行だし夕飯は二人で食べたい。おしゃべりもしたいし、そうなると部屋食じゃないと周りの視線がつらいし」

「いない人間のお膳《ぜん》を用意するって、仲居さんに怖がられるよ？」

「亡くなった主人との結婚記念日なんですって言えばいいのよ。日常にそういうものを持ち込むとアブない人と思われるけど、アニバーサリー的に亡き人を偲《しの》んでるんですって言うと、みんな手のひらを返したように寛容になってくれるから」

「それはあるね。下手したらデザートのサービスがつくレベルで」

そうそうと二人で笑い合った。

「景色だけじゃなくて、これからも鹿野くんと二人でいろいろ見たい」

「たとえば?」

そうねえと、わたしはパンをちぎりながら考えた。

「たとえば、秋くんが作るロボットと友達や恋人や夫婦になれる世界。金沢くんの行く末も心配だから見守りたい。それとやっぱり他の人じゃなく安曇くんと立花さんでまとまってくれる未来を見たい。あの二人は本当にお似合いだと思う」

「そういうのは意外とくっつかないもんだよ」

鹿野くんは意地悪なことを言う。

「じゃあ鹿野くんは破局派ね。わたしは成就派」

「俺がすごく嫌なやつみたいだね」

まあいいけどと鹿野くんは笑って流した。

「じゃあ俺は、安曇くんの初恋玉砕にこのシチューうどんを賭ける」

だからそれはいらない、と言いかけてやめた。

「わたしが勝ったときはどうする？」

「そのときは、俺がこのシチューうどんを食べてあげる」

「なにそれ」

思わず笑ってしまった。

勝っても負けても、結局、それはわたしが食べることになる。

わたしたちはすでに終わっていて、変化はなく、未来もなく、なにも作り出さない。海の果てにある白い海岸が続く島と等しく、わたしと鹿野くんが向かい合って食事をしているここにも、なにもない。この家は、世界という名前のケーキから切り取られた無価値なピースだ。ひどく悲しい。さびしい。けれど、それでも、わたしは幸せだ。

わたしがなにに幸せを感じるかは、わたし自身ですら決められない。もともと幸福にも不幸にも、決まった形などないのだから。

エピローグ　秘密Ⅱ

松の内も過ぎてお正月気分が抜けてきたころ、叔母さんが訪ねてきた。今まではお見合いの釣書を持ってくるくらいだったのに、今回は「わたしの長年のお友達なの」という名目で、プロのお見合い仲介人さんを伴っての来訪だった。

「お若いのに旦那さんを亡くされたなんて、なんと言ったらいいか……。でも聞いていた以上に素敵な姪御《めいご》さんで、このままおひとりなんてもったいなさすぎますよ」

わたしは伏し目がちで、黙って話を聞いていた。下手になにかを言うと、そこから切り込まれそうな怖さがある。そもそも、死んだ旦那さんの幽霊と暮らしているので再婚する気はありません、なんてどうやっても伝えられない。

「美術教師をされているのね。繊細で情緒が豊かなのは、このおうちを見ていてもわかります。どこもきちんとお掃除が行き届いていて、お茶もとってもおいしいわ」

すかさず叔母さんが身を乗り出してきた。

「この子は昔から家の中のことをするのが好きだったのよ。趣味も絵を描いたり本を読んだり、もう少し出歩いてくれたら出会いもあるってもんでしょうけど」

「それでいいのよ。派手な女の子がちやほやされるのは若いうちだけ。男の人だって年がいけば結局はちゃんと家を守ってくれる堅実で賢い女性がいいってわかるの」

あなたは地味でもう若くないんだからこのあたりで観念なさいということを、こんなふうに言い換えてくれるのだから、やっぱりプロはすごいなと感心した。

「うる波さんはどんな男性が好み？」

「やっぱり経済力のある人がいいわね」

わたしよりも先に叔母さんが答えた。仲介人さんは「だったら、やっぱりこのかたね」と釣書を出そうとする。このままでは問答無用でお見合いが進みそうな気配を感じ、わたしは慌てて「威張らない人がいいです」と条件をつけた。

「ああ、それはとても大事ね。威張る男はなににつけても駄目。他には？」

「……他ですか」

困って庭に視線を逃すと、縁側のガラス戸越し、ぶらぶらしながら煙草を吸っている鹿野くんが見えた。相変わらず叔母さんが苦手で外へ逃げているのだ。

鹿野くんは洗濯しすぎてへたったカットソーにマフラーをぐるぐる巻いて、すぼめた口から空に向かって煙を吐いている。頬をつつき、ぽっぽっぽっとリング状の煙を作って遊んでいる。いい大人だというのに、鹿野くんは子供のような振る舞いをする。

「他には、無邪気なところのある人がいいですね」

叔母さんたちの肩越しに、鹿野くんを見ながら言った。

「いいわね。うる波さんには優しい男性が合ってると思うわ」

「あ、いえ、優しくなくていいんです。制作に入ったらご飯も食べなかったり、声をかけても無視したり、絵の具だらけで四日もお風呂に入らなかったり。そんな感じで」

「は?」

「ピーマンが苦手だったり、うどんにシチューをかけたり、卵焼きは必ず切り落とした端っこをほしがったり、電車にタダで乗ったこともあるんです。健康に悪いのに煙草をやめなかったり、夏はエアコンを低く設定しすぎてわたしと喧嘩になったり」

リングの煙に指を通して遊んでいる鹿野くんの姿を見ながら、言葉を並べた。

わたしの心の底には、絶えず通奏低音のような不安が流れていて、調子のいい日はほとんど聴き取れないほどだけれど、体調が悪いと大きくなる。迂闊に溜息などつけば、幸せが逃げるよと、疲れている身には余計なお世話でしかないことを言われる。だから人前では溜息をつくこともなく、暗い顔をすることもなく過ごす。そうして、くたりと使い古された布みたいになって帰ってきたわたしを、鹿野くんが迎えてくれる。

——おかえり、うる波ちゃん。

鹿野くんは居間に寝転んでいたり、庭にしゃがんで煙草を吸っていたりする。普通にしていても笑っているように見える目。痩せた身体。Tシャツのたるんとした襟。それは前向きな励ましやお咎《とが》めよりもきちんと胸に届いて、わたしを安堵させる。

「わたしは、そういう人が好きなんです」

鹿野くんは、わたしを堅実で賢い女だとはけっして言わないだろう。きっと鹿野くんだけの言葉でわたしを表してくれる。もしくは言葉すらなく絵筆で表してくれる。

「だから、すみません。お気持ちだけいただきます」

ぽかんとしている叔母さんと仲介人さんに、わたしは深々と頭を下げた。

「そう。わかりました」

顔を上げると、仲介人さんが小さく笑った。

「いい旦那さんだったのね」

はいと笑顔でうなずくと、叔母さんが怒り出した。

「あー、うる波、あんたって子はどこまで頑固なの。今回持ってきたお話、すごくいいのよ。正直、これ以上はもう回ってこないわよ。お相手は三十五歳で、あんたの好きな加瀬なんとかに似てるし、すらっとスリムだし。ねえ、写真だけでも見てみない？」

懸命な叔母さんを、仲介人さんがまあまあと引き止める。今は晩婚傾向だから、いくつになってもそれなりにお話はあるからとフォローを入れてくれた。

お見合い話は余計なお世話だけれど、心配してくれる身内がいることはありがたいことだった。あたたかな気分でいると、窓の向こうに白いものがちらついた。

「あ、雪」

そう言うと、叔母さんと仲介人さんも庭を振り返った。今日は朝から寒くて、灰色の空から降ってくる白いものが、椿《つばき》の前に立つ鹿野くんの姿をぼやけさせる。ただでさえぺらっとした身体つきの鹿野くんが、今にも消えてしまいそうな錯覚に襲われた。

積もるのかしらと叔母さんたちが窓辺に近寄ったとき、ごめんくださいと声がした。玄関に出ると、デパートの紙袋を手にした西島さんが立っていた。

「西島さん、こんにちは。お出かけだったんですか？」

「デパートの京都フェアに二人で行ってたの。これお土産」

和菓子の包みを差し出され、ありがとうございますと受け取った。

「今日は旦那さんは？」

「雪降ってきたから、先に帰ってストーブつけといてって頼んじゃった」

西島さん夫妻は仲がいい。いつも二人一緒に散歩をしたり、スーパーで買い物をしている。わたしも鹿野くんとこんなふうに年を取りたかったと思う。理想の夫婦だ。

「うる波、わたしたちもう失礼するわ。積もったら帰り大変だから」

奥から叔母さんと仲介人さんが出てきた。

「あら、お客さまだったのね。ごめんなさい」

「はじめまして。うる波の叔母です。いつも姪がお世話になっております」

「こちらこそ、うる波ちゃんにはいつも仲良くしてもらっています」

軽く挨拶をしたあと、それじゃあと西島さんは帰っていった。

「いやあね。雪が降るならブーツにすればよかった」

叔母さんが燕脂色のローヒールに足を入れながらぼやく。その横で仲介人さんはなんだかそわそわと玄関を振り返り、目を輝かせて聞いてきた。

「ねえ、さっきのかた、もしかして柏木《かしわぎ》さんとおっしゃらない？」

「西島さんのことですか？」

それが答えになってしまい、仲介人さんは「ああ、じゃあ他人の空似なのね」と少しがっかりしたように言った。

「お知り合いに似ていらしたんですか？」

「ええ。向こうはわたしのことは知らないけどね」

仲介人さんは子供のころ関西に住んでいたのだが、近所にT歌劇団音楽学校に通う綺麗なお姉さんがいたそうだ。お姉さんには四つ上のお兄さんがいて、有名な音楽学校の女子に群がる地元の男子たちから妹を守るように、いつも送り迎えをしていた。

「本当に素敵なご兄妹《きょうだい》だったのよ。わたしは就職で関東に引っ越してしまったんだけど、数年前に当時のお友達と会ったときに話が出たくらい」

市内でも有名な旧家の分家筋だったらしく、お兄さんはその後、後継ぎのいない本家に養子に行き、妹さんはT歌劇団で娘役として活躍したあと退団し、引《ひ》く手数多《てあまた》だったろう結婚話をすべて袖にして、独身のまま歌劇団で講師を続けたらしい。

「孝雄《たかお》さんと緑子《みどりこ》さんのご兄妹は、わたしの少女時代の憧れだったわねえ」

――え？

わたしの戸惑いに気づかず、叔母さんと仲介人さんは帰っていった。

二人を見送ってから、わたしは居間に引き返した。日常のこまごまとしたものをしまってある引き出しから、年賀状の束《たば》を取り出した。その中から一枚を抜き取る。やわらかな達筆で新年を祝う言葉が書いてあり、西島孝雄、緑子と連名で記してある。

年賀状を手に茫然と立ち尽くした。

二人は夫婦と聞いているし、わたしを含め近所の人たちもみんなそう思っている。二人の旧姓が柏木なら、西島は孝雄さんが養子に行った本家の姓なのだろうか。

――秘密のない人なんて、いるわけないでしょう。

以前、そう言って笑った西島さんを思い出した。

――あの二人は昔話をしないから。

鹿野くんが西島さん夫妻を好きな理由も思い出した。誰にも語られず、密かに心の中にしまわれている思い出。それがわずかな過失でこぼれる瞬間がもっとも美しいと言っていた。思いもよらないところからこぼれた西島さんの秘密――。

孝雄さんが本家の養子に行ったのなら、時代も考えると後継ぎを作るために結婚をしただろう。そちらの家族はどうしたのだろう。もしや身内は二人の仲を知っていて、それで孝雄さんを養子に出したのかもしれない。考えながら、ふっと我に返った。

古希を過ぎている西島さんたちが、どんな愛を胸に秘めて生きてきたのか、わたしにわかるはずがない。同じ親の戸籍に入っていた事実が残っていれば、たとえ養子に出たとしても結婚はできない。けれど『共に生きていく』ことを阻《はば》む法律はなにもない。

心は自由で、それを阻むものはない。

あってはならない。

なにひとつ。

静かに年賀状を引き出しにしまい、庭を見た。鹿野くんの姿はなかった。台所かなと見にいったけれどいない。アトリエに行ったけれどいない。

北向きで陽の射さないアトリエには、鹿野くんが亡くなったときのまま描きかけのキャンバスが立てかけてあるだけだ。鹿野くんは毎日この前に座って絵筆を取る。絵が完成することはない。鹿野くんはそこに在るだけで、なにも生み出さない。

「……鹿野くん」

名前を呼んでみた。

家の中はしんとしたままで、ひやりとしたものが背筋を駆け上がっていった。

こんなふうに、たまに不意打ちで恐怖が入り込む。この家で鹿野くんの幽霊と暮らしているなんて、わたしの妄想だったのだろうかと。この家には誰もおらず、もうずっと長い間、鹿野くんの思い出だけが骸《むくろ》のように横たわっていただけなのだろうかと。

絵の具が染み込んだ畳に座り込んだ。窓の外が少しずつ夜の色に変わっていく。忘れ去られたおもちゃみたいに、わたしの隅々まで丁寧に冷え切ってしまったころ、

「うる波ちゃん」

背中で鹿野くんの声がした。けれど振り向けなかった。こういうとき、わたしは自分の五感というものをまったく信用できなくて、幻聴だったらどうしよう、振り向いて誰もいなかったらどうしようという恐怖が先に立ってしまう。

「うる波ちゃん？」

鹿野くんによく似た声がわたしを呼び、足音が回りこみ、目の前に現れた。

「どうしたの。こんな寒いとこでストーブもつけないで」

しゃがみ込んで視線を合わしてくる。それでも信じられない。これが幻覚だったらどうしよう。鹿野くんの大きくて薄っぺらな手がわたしの頬に触れる。これも錯覚だったらどうしよう。実は誰もわたしに触れていなかったら？

――ねえ、鹿野くんは本当に鹿野くんだよね？

――わたしが勝手に作り出した『他のなにか』じゃないよね？

聞きたい。けれどどんな答えが返ってきても、それはわたしが作った鹿野くんの言葉か

もしれないと考えると、安心しきることはない。わかっている。要はわたしが信じるか信じないかの問題で、わたしには信じるという選択しかない。

「ごめんね。ちょっと家出してたんだ」

「家出？」

「お見合い、すごくいい条件だって叔母さんが言ってただろう。うる波ちゃんの好きな俳優に似ていて、スリムでお腹も出てない。それほどおじさんでもないし」

「そんなの、どうでもいいのに」

「それは、どうでもよくないよ」

そう言う鹿野くんの輪郭《りんかく》は、夜の闇に溶けそうに頼りない。

「だから家出したの？」

「うん。いろいろ考えようと思って」

「なにを？」

「俺は、うる波ちゃんの人生を奪ってるんじゃないかなとか」

「馬鹿みたい」

眉根を思い切り寄せ、冷たく言った。

鹿野くんがわたしを奪わなくて、誰がわたしを奪うというんだろう。

「いろいろ考えて、答えは出た？」

「出た」

「どんな?」

「俺はうる波ちゃんのそばにいちゃいけない」

「鹿野くん――」

「それでも、俺はうる波ちゃんのそばにいるっていう答えが出た」

その言葉は、一瞬でわたしの心をめちゃくちゃにした。ほっとしたとかではない。安堵に襲われて、喉元を絞め上げられて、絶息しそうなほど苦しくなった。

「わたしもよ」

笑ったつもりだったのに、うまくいかずに頬のあたりが引きつった。

「どれだけ非常識な存在でも、わたしも鹿野くんとずっとこの家で暮らしたい」

わたしは鹿野くんの手を取った。

「お願いだから、わたしを置いてどこにも行かないで」

取った手を、強くにぎりしめた。

「それ以外は、もう全部、どうでもいいわ」

良識ある人たちから見れば、わたしは完全に壊れているのかもしれない。構わない。わたしはとっくに良識なんてものは手放した。これがわたしの幸せだ。

誰がなんと言おうと。

後ろ指をさされようと。

たとえ世界から切り離されようと。

わたしは、鹿野くんがいれば、それでいい。

鹿野くんのお葬式をすませたあと、幽霊になって鹿野くんが戻ってきたとき、わたしはそう決めた。なのにささいなきっかけで、薄い氷を踏み割るようなあっけなさで砕けてしまう。だから何度も決意を重ねる。こちらが現実、こちらが幸せ。どれだけ重ねても、壊れやすいものであることは変わらないけれど、それでも祈るように願う。

「世界中に、わたしたちみたいな人がたくさんいると思う」

「そうなのかな」

「そうよ。気づかないだけで、普通に道ですれ違ってると思う」

もう何年も親しくしていた西島さん夫妻の秘密を、わたしは知らなかった。そんなふうに胸にひっそりと秘密を抱えながら、みんなスーパーで平然と野菜や魚を選んだり、レジを打ったり、通勤電車に揺られたりしているのだ。

自分の手で命を奪ってしまった恋人の、最後の選択を一生探し続ける千花ちゃん。

大好きな親友を取り返そうと、世界を変える野望を秘めている秋くん。

未成熟さのみを愛し、成熟をかたくなに拒絶する金沢くん。

美しく硬い殻の下に、醜い皮とみずみずしい恋心を隠している立花さん。

そして、死んだ夫の幽霊と暮らす未亡人。

世の中は秘密だらけで、それでもなんの不都合もなく回っている。

「だからね、そんなに怖がる必要はないって思いたいの」

「…………」

「わたしも、鹿野くんも、みんな、好きに生きてもいいって思いたいの」

鹿野くんはなにも言わない。けれど藍色《あいいろ》の闇の中で影だけになっている輪郭が、小さくうなずいたように見えた。錯覚かもしれない。けれど信じることにする。

鹿野くんをではなく、わたしは、わたしの愛を信じる。

痛いほどの沈黙の中、影がゆっくりと近づいてわたしにキスをした。

通奏低音のように絶えず流れる不安を聴きながら、今夜も、明日も、明後日も、わたしも、みんなも、秘密と決意に満ちた暮らしを守っていけますように。

「うる波ちゃん、お腹が空いたよ」

「じゃあ、すぐ夕ご飯にする」

「今夜はなに」

「鹿野くんの好きなものと、わたしの好きなもの、たくさん」

豪華だねと鹿野くんが笑い、わたしたちは立ち上がり、手をつないで台所に向かった。

この作品は、書き下ろしです。

〈著者紹介〉
凪良ゆう（なぎら・ゆう）
1月25日生まれ、A型。
2006年「恋するエゴイスト」（白泉社）でデビュー。以降、女性向けライトノベルを執筆。本書『神さまのビオトープ』で一般文芸向けに初めて作品を出版する。2019年に『流浪の月』（東京創元社）、『わたしの美しい庭』（ポプラ社）を刊行。『流浪の月』は、第41回吉川英治文学新人賞候補となり、2020年本屋大賞の第一位にも選ばれる。

神《かみ》さまのビオトープ

2017年4月19日　第1刷発行
2020年4月7日　第8刷発行

定価はカバーに表示してあります

著者……………………………凪良《なぎら》ゆう

発行者…………………………渡瀬昌彦
発行所…………………………株式会社 講談社
〒112-8001 東京都文京区音羽2-12-21
編集03-5395-3506
販売03-5395-5817
業務03-5395-3615

本文データ制作………………講談社デジタル製作
印刷……………………………豊国印刷株式会社
製本……………………………株式会社国宝社
カバー印刷……………………株式会社新藤慶昌堂
装丁フォーマット……………ムシカゴグラフィクス
本文フォーマット……………next door design

ISBN978-4-06-294067-2　N.D.C.913　302p　15cm